林和清歌集

SUNAGOYA SHOBO

現代短歌文庫

砂子屋書房

林　和清歌集☆目次

『木に縁りて魚を求めよ』（全篇）

自撰歌集

自選二〇〇首　58

林　和清歌集

『木に縁りて魚を求めよ』（全篇）

木に縁りて魚を求めよ

十一月三十日、父は雪をむさぼり食つた。やがて「しぬべくおぼゆ」と言つて死んだ。九十一歳だつた。——藤原定家

水底に目ひらく椿　こころとはかつてこころのありし痕跡

夢の余韻葬らむとして夜の水にゆるゆると石をしづめて去りぬ

はじめから孵らぬ卵の数もちて埋めむ冷蔵庫の扉のくぼみ

悪性新生物《あくせいしんせいぶつ》斑入《ふいり》乙女《をとめ》 椿《つばき》みつしりと肉を巻きあふ音す

はかなさの、どのはかなさのきはみにて冬しろたへの吐息をはける

たはやすきわが首すぢにうなりゐる蜂起の蜂のはじめ一匹

炎帝のたけるまひるの鳥羽殿へ馬のかたちの闇が疾駆す

幼帝を飼ひたる船をうかばせて海は流れを瞬時に変へき

もののふの滅ぶながめもやうやうとをはりぬややや遠き泥濘に

門院の門あはれなる名のはてに春の幽霊にほひのみして

キャヴィア噛むその一刹那いつみきといつみきとこそよそのこゑすれ

鳥の飛ぶかわいた音すひとふりの塩に浄める身のまぎはより

雪月花いち時に見つ　しろたへに死者には死者の未来ありけり

命といふ時間をすごし春ごとに桜、発情のさまをながめて

地衣類に靴跡のこしつつあゆむしだいに日没のひととなりて

うしなひてゆく眉目かな刻刻とゆふぐれを吸ふみづうみのみづ

窓外に凍れる桜　あるときは夭さの四肢をまさぐりあひて

夜明とはかく野蛮なる時刻にて髪は砂漠のにほひにけぶり

わが肌に水のにほひをかぎあてしひとと寝たりき寝てわかれけり

いつの世のひたごゑならむめぐりいまきし
みあふ孟宗竹の背骨

乱流となる寸前の恋秘めて原始の羊歯の森
ゆくわれら

夢魔としてたちあらはれる地名ありかつて
忘れ、わすれざりし名

きはみにて、どのきはみにてはかなさの朧
をかづくめのわらはある

鶯のなみだの氷菓《ソルベ》　千年をいち夜のごとく愛し
つづけよ?

しらたまのピアスのかけら暮れて暮れていま春
の露さわぐばつかり

とろとろと月漏るる軒　わたくしは死んでゐた
のよあらゆる場所に

芥川の夜はいづこに　ひとたびは汚せし蹠《あなうら》ひき
ずってまで

愛されたのは誰　草の実の散る野辺にいつもい
つまでもわすれつづけむ

ひたひたと鷺がつけくる春昼をいつよりか
ながき堤をゆけり

ゆふぐれのさみしき砂のうへを吹く松風の
音を聞きすましをり

天使の裸体ころぶす卓にひとはりのグラス
の水はゆれやまずけり

死の側の水田のひかりわが刻のすぎゆくさ
まを月に見られて

いつか見き見てうしなひし象《かたち》ありそのかた
まりを象《ざう》とも呼べり

陽ざかりにほろぶ羽蟻　しなかつたことば
かり思ひだされてならず

紅葉焚く火にまぎれつつわが言ひしことば
汝が言ひたることば

風月痕

†曲水は脳をめぐる

春立つとけふ精神のくらがりに一尾の魚を
追ひつめにけり

鵯《ひよどり》に啼き去られける春の日のきのふは兆し
ばかりに満ちて

琺瑯《はふらう》のしろきカルキの水の香に近づくとわ
れに来たるゆふぐれ

をとこゆび夜をあらはれて青墨の春の油紋
をかきみだしけり

この池に鯉のひしめく夜あると春の脳《なづき》はし
ろく灯りぬ

森ふかく朽ちたる土のひとところ開放枢《かいはうきう》と
よびてしづけき

桜樹の花の重みに水ふれて瓔珞《やうらく》ふかく朽ち
はてにけり

押せば開く扉のあやふさに春の夜の牡丹桜
の付着せし闇

春の燭ややくらむころ崑崙《こんろん》を盛りたる皿が
はこばれてくる

濡れ縁に春の氷柱たたしめてこの夜源氏の
袖のくらがり

†朧夜の眉をひらく

土手の上《へ》を憑かれつつゆく脚先に露ばかり露ばかりさわぎぬ

さびしさにこぼす露あり夜の更けを川のなか静止してゐる水

懐かしくささやき交はす四人《よたり》をりてひとりは見えぬ春の宵かな

巻物の雲ゆるみつつ土手の上《へ》を夜の風がゆつくりともどる

忘却をつかさどる脳の空白をなづきの宮とふはかなさにあり

有尾の人を恋ひしむかし備長の炭琴すみきつたるひびき

暮露《ぼろ》といふものを笑ひぬ花まだきさるすべりの瘤しきり撫でつつ

青鈍《あをにび》のうごく煙をえがきたるネクタイ提げてくるもののあり

宿木がねばねばと伸ぶ春おそくわれはわれを連れてもとほる

竹群の秋わらわらの奥ふかく孟宗の裸体架かるべし

瓦礫

†さりき

邯鄲《かんたん》はいづこの首府ぞふところにふきいりてより知る秋の風

颱風のなごりのそよぐ校庭は不発なる夜をはぐくみてをり

水猫のエナメルの背のたわみつつゆふまぐれこそただただならぬ

秋虫の夜のさなかにわれはもう睡りをふかくおそれて立ちぬ

朝夢のさめぎはの知己まくらべにみなゆふぐれの顔ならべをり

そばにゐてしかも見えざるいちにんと御室の秋の黒書院《くろしよゐん》訪ふ

東山果てたるあたり昼月のありてやはらに夜へと熟す

夢にのみ会ひてわするるかの翁黒きさかなをはなちてさりき

†すぎにき

冬竹にまぎれて秋の竹ありぬわが古きこゑこもらふあたり

荒神橋の凍霜の夜にいきづける百合鷗くれなゐのいきぎも

雪さそふ樹木の夫人やさしみの言の葉わかちあひつつまひる

椿森ひくくぐりぬそれよりは肌にみえざる鱗をなせり

主にころされるものらに浪の華ふりて冬の岬の突端ともる

うすら陽の冬の八橋きしみつつ大乱も大天使もすぎにき

しらしらと真冬まひるの瓦礫踏みてすぎゆ
く大天使の蹠《あなうら》

ほほゑみのかけらのこしてわかちあふ冬の
薄荷のはかなきちから

ひるがへる

門灯のさゆらぐあたりわれよりも体温たか
き死者が来てをる

卓の上《へ》のしづもりてある硝子器に満たしめ
て夜の水を飼ひたり

みづうみは月いちまいを囚へゐて水の急所
とよぶべきまほら

月夜の杯挙げればとほく水中につめたき獣
ひるがへるかな

秋の胃の腑におつる真水はみづうみの裸木
の象《かたち》はつかとどめむ

喧騒のやはらかにふるくもり日の午前のふ
かきところに座して

禁裏の鳥声を放てりなにゆゑとしらぬ期待をふかくおそれて

秋の塩きららに撒きて喪のひとは急にひかげる面輪をもてり

みんな痕跡

むらさきに透くゆふぐれの玻璃窓に誰が露の身のつゆのあとかた

神経はふいに絶たれてゆるゆると午睡の錨みなぞこにつく

金の匙、銀器にふれてはるかなる氷河くづるる音の冷えゆく

わが半身うしなふ夜半はとほき世の式部のゆめにみられてゐたり

荒荒しくわれをゆさぶる手のありて目覚めしが無人の朝の光

葬られしひとの気配す霊魂とはかつて吐きたる空気のかけら

夜の鷺のこゑあびてけり月出れば湖《うみ》にもみ
ゆる水のやぶれめ

恋終る手ごたへのみす夜空よりある音階が
水に刺さりて

愛欲のかすかなる凝《こ》り身にもちて坐りぬ私
鉄の終点までを

銀行に銀の冷房臭みちて他人《ひと》の記憶のなか
を生きをり

かつてカプリの果樹園のうへのぼりゆくリ
フトに乗りき乗りて海見き

明日よりも昨日は未知にあふれつつ目の先
を飛燕ひるがへりたれ

綺麗な水

とうに死んだ蝸牛が
葉腋についたきれいな水を、おだやかな貌つきで飲んでゐた。
「祈る蝸牛」田中宏輔

果樹園の春のあけぼのやはらかき土より梯
子生えてをりたり

蜂蜜のだるきねむりの満てる壜ありぬ五月
を病むかたはらに

藤ぶさのおもたくゆるる春の夜のねむれぬ
砂男と会ひたり

春昼のさむき伽藍のくらがりに誰か音観る
気配のしたり

つまびらかにその様告ぐるをんなあり乳癌
の石榴いろの肉塊

バスルームのあたたかき霧ほのかにも鏡の
おくにともる顔あり

屏風絵の鶴の羽音のもつれつつ背後エアコ
ンのみじろぐ空気

「愁眉《しうび》をひらく」言葉に出せばわらわらと梅
雨の走りの雲ほぐれたる

夏森の芽ぶくくろさのみつしりと異形の寺
をとりまきてある

クーラーの水の気配のくらぐらと神経の谿
浸しはじめつ

井光《ゐひか》、井光《ゐひか》、井光《ゐひか》いづこぞわれはまた切歯
扼腕たる夢見てし

透きとほる蝸牛のつぶよわれと汝と奇麗な
水をあたへあひたり

水のほころび

ひと息にのみくだしたる若水にそのとき六腑ひらき初めたり

寒気こはるるごとき御社《みやしろ》神殿のうち確かなる不在のあらむ

鹿放つ苑の日暮やうすやみに耳のともりてゐたるもひとつ

三柱《みはしら》の鳥居を見たりその夜より夢の濁りの消えがたくあり

うつつよりわかき母背をかたむけて古い時雨に佇みてをり

薬風呂にひたりつつ湯をうめをればたまゆら見ゆる水のほころび

睡眠のさなか醒めゐて真盛りの椿の骨を見すかしてをり

屋上に寒く立ちたり昨夜とは模様のちがふ月のぼりくる

校庭とよぶ砂原の夕刻にむらむらとむらさきだちたる砂

夜の駅あかるし遠きいちにんはゆふぐれいろの水を吐きたり

あまたなる人殺しして日は果つとかすかにさやぐ蹲踞《つくばひ》の水

鳥葬の終りしづかに男らが凍れる焚火かこみてをりぬ

Atop·i·is·imo

夏の香を曳きたる肌《はだへ》もてわれをいくたびもふかく死なしめよ

肉のうちに恋はじまるとわれをかすめ夾竹桃を嗅ぎまはる犬

うなされて極彩の樹の夢みたる熱の実りと言ひつつはかな

水音の止むひとところ歩み来てむかう岸ゆくわれを見たり

月の夜をつめたくねむる枕辺に雁わたりきてわが皮膚を喰ふ

ソプラノの月青みたり性愛の水くぐりたるのちの霜夜に

ほとぼりの沸きたつみぎり窓外を冬鳥の一刹那の悲鳴

汝が指のみづかきのあと鮭色にわが恋の夜の壁をなすかな

冬鳥のしきり呼びかふ大洪水前の時間をわれは生きをり

乱婚といふ語をおもふ十二月のプールより身をぬきてそののち

あれがさきのよ

朝露の羊歯のしげみをふみしだく歩みに秋はあたらしきかな

てのひらの上《へ》に豆腐切るあやふさに昼の月にもはだらありけり

われ老いて最後の性愛為すごとき心地に秋の小径をあるく

外国人の生死思へば目の前の空気わらわらとゆらめきてあり

木犀にほふ座敷に伏せば秋の気のまだ見ぬ沢と呼びあひてをり

秋の底の方に座しゐてしばらくは能面のいびつを眺めをらむ

バナナに斑入るはやさに秋暮れて生活《たつき》いよいよ淡くなりける

部屋に居てまだいづこへか帰りたしヨーグルトのどを滑らかに落つ

噴水に凪のひととき　レムとよぶ眠りへ脳はゆるびつつあり

砂の城まろやかに波へくづれゆくうすき眠りのいましおとなふ

匂ひある夢よりさめて鏡見ればわれに似てどこかちがふ顔あり

躁のなみ鬱のなみ寄る秋天の気圧あららかにわれを統ぶ

病人と話しゐてしばし土の中に生きゐる肺魚のさまなどおもふ

泡立草にしらつゆおりる秋の朝つづまるところわれはわれをしらず

颱風のちかづくとみて部屋内の空気のちから増しつつあらむ

バスタブに耳までひたり人間のからだとはこころのうらがは

真直なるいつもの道を歩みつつ迷ひしやうなおもひしきり

炭酸水のどいらいらとくだるとき覚えのなき記憶よみがへる

アンモナイトの痕跡のこる石壁に体熱を吸はせつつをりぬ

空想の紅葉の森の燃ゆる夕どの木にも蛇がまきついてをり

会釈してわかるるきはに黒錆の釘四、五本が脳裏にうかぶ

人波に紛るるわれのうしろ背を後行くわれはたしかに見たる

斑鳩《いかるが》をあゆみきて見るうすら陽の秋の地に
むきだしの夢殿

雪の上に雷おちてはしれるを見たりきある
いはあれがさきのよ

冬ざかる枯山水の石の上《へ》に誰かすわりゐて
おぼおぼとせり

渇き

鵯《ひよどり》のさんざ騒げる朝明けの夢のせせらぐ時
刻なるかも

埃つぽき駐車場に打つ水の玉みな水銀のご
とくに散れり

マンホールの蓋のくぼみに襤褸菊が芽吹き
てさほど伸びるともなし

水道管地にむきだしに延びるここ夏のひな
たの確たる形

照り翳るエントランスにわが寄れば御影石
熱くいきづきにけり

腹赤き蠑螈《ゐもり》おもひて炎天の道路にかかる小
橋をわたる

交通事故処理終はりたるアスファルトはや
もまだらに渇きゆきけり

陽炎の埠頭をはるか眺めゐるこころに塩の
ふきたる鉄鎖

昼顔に砂紋がおよぶ人体を波立つものとい
つか思ひき

八月の体育館の側すぎてわが歩みいづれの
沼へかつづく

水と植物

あたらしき水田三枚ひかり為し雲のみだる
る様を映す

花たるを止めし罌粟の上《へ》降りきたる少女の
こゑの晶《すず》しきちから

柔らかくろく土ある園のすみに茸ののびる音を聞きたり

若鹿が水のむさまを見てゐたるこの園に満つ青のひびき

鯉魚去りて濁りはげしき泉水の澄みゆくまでを眺めてをりぬ

十薬を茶にして飲みしそののちのたなびくごとき胃の腑のありやう

湧き水の流れとわが内なる水とひびきあふごと迸りてゐたり

死後にある何かに備へ六月のしぶきする小瀧を見にゆく

噴水が風にみだるるそのかたへ夏の桜の情感のあり

泡立草あわたつ前のくさむらの一区画かつて友禅工場

硝子とはすべて液体なることを知りぬ夜の音耳にあふれて

夜のプールざばと潜れば水のめぐり見えない鳥の飛びてゐたるも

鴨川の夜の喧騒の橋の上《へ》を小鷺のひとつながれてゆきぬ

鯉魚の血を清めをへたる夜の厨むらむらとたちのぼるものあり

天然ガス湧きたる地区のかげろふや夏どこまでもからだあるわれ

風水

金のねむりを銀のめざめが継ぐ刻に枕辺に着く舟ひとつあり

水無月を病む川ありき幼なわれは橋をわたらず帰り来たりき

まくなぎの霞のむかうはらからのひとり立つわが知らぬ者なれど

肺葉のうつろすずしきこの夜のふかきところに月出でにけり

電柱のかたむきて立つここ過ぎてかなり年
上の恋人訪はむ

訪はむとせしおもひたちまち失せて昼夾竹
桃の悪意にまむかふ

薄暮薄暑むらさき帯びて夏草の野に落ちて
ゐるひとひらの池

飲食ののちなづみゆく胃のさまを夜のせせ
らぎ聞くごとくゐる

寂寥のきりぎしに立ち眼下なる青きプール
の水面見てゐつ

葉月を金、如月を銀の月と呼び風水の間を
あゆみてゆかな

鷹の爪

獣園のゆふぐれはやしなにもをらぬ鉄柵の
なか潦《にはたづみ》あり

眠りゐると思ひし赤子いつよりか冬の虚空
をみつめてをりぬ

黒雲の思ひを持ちて汝を訪へばチワワをり
皮膚うすきチワワ

道路掘る工夫よごれてうごきをる寒暮ひし
ひしと降りてくるなり

耐へがたき愛身のうちに吊りてをり鷹の爪
乾ききつては黒し

敷石に平らなる陽の射しをりぬ寂《じやく》とは耳に
殺到するもの

刃当つればおのづと割るる甘藍にみなぎる
ものををののきて見む

極刑はひそかに為されこの国のいづくにか
薄紅葉がのこる

死者が来てゆふぐれを食ふ気配せり目には
水揺れゐるのみなれど

あたたかき冬を渡らむ人の上《へ》に石炭色のや
みぞらがある

みづうるみつつ

咽喉の燠火のやうな痛みもて桜まみれの阪
急路行く

爪先の冷えはつかなる寝室にふかき池あり
波立ちてをり

花冷えのうすき青さやこのゆふべよその四
月を見てもどり来つ

朝焼は雨のさきぶれやすやすと今朝また夢
のなかにて死にき

鍋に湯を沸かしてなにも煮ずにその湯のに
ほひこそはげしかりけれ

春暁に目覚めるとなく床にゐて油紋の虹を
われはおもひぬ

生きながら土深くうづめらるること思ひて
をればこころ安けき

味噌汁を濁らせるわが箸先の尖りてあるを
ややも恐れつ

芥子菜にうづもれる川の辺をあゆむ霊のた
なびく五月のからだ

切れかかる蛍光灯の点滅やわが死ののちも
髭すこし伸びむ

白壁の一本の罅たどりつついのちのやぶれ
目を見てゐたる

たつぷりと粗塩を手に擦りこめば指から光
る糸が出づとふ

四肢二十の指にそれぞれ鬱ありてあるとき
は爪のうすきを嘆く

つきしろの悪意に満ちてのぼるを見つ地に
囚はれのいち人として

さはやかにわれを離りつ春の夜の白木蓮に
満ちたるおもひ

闇の樹になほ翳ありぬ見つめてをらば人像《ひとがた》
ののうごきをり

七曜のよどむひと日と思ふ今朝水腐りたる
にほひ流れて

追憶の酸き味のするひとすみぞ水鳥が春の
水をついばむ

たまさかに生家を訪へばまひる間を羽蟻の
羽のきらめく屍

水無月のみづうるみつつ桃すもも果肉のうちの肉みなぎれる

蟻のところへ行け

竹の葉の散りしきりなる風中に見つあざらけきあすの血煙

肌うすき者へ驟雨のつぶて来る死の前脚の垂るる空より

おほかたは科《とが》なく死せしものらぞと鳥影にはか大き塋域

眩暈の正午は来たるこの足下蟻の意識はつめたきものを

街路樹の無人の街路しらはえの一陣に億のつゆはこぼれて

声あぐるほどの予感は満ち来たり合歓うすくれなゐのひとけぶり

これよりは森の径ゆくわが皮膚のひとひらひとひら架けおくべし

ある昼は泥土を食みてある夜はいづこの穴
にも眠るこの身

舟虫の声を聞きたり月の夜の苦界《くがい》のなみう
ちぎはに臥すとき

藁を焚く真昼の炎そのぬるさもてもとほり
ぬ夏のゆきぐに

みつみつ

暗闇が起きてうごくと思ふまで夜の黒犬を
みつめてゐたり

蚊の類のごとひつたりとわが四肢はくらき
河原の径あゆみつつ

竹群の家に暮らせし幼なき日　竹のあるく
時をわれ見き

翅もちて飛びたつ前の白蟻のみつみつとも
の言ひあふ口

西瓜の種生きてうごくを見てしより昼の睡りをややもおそれつ

睡りつつ醒めてかすかに虫の音の止む間の夜の音きいてをり

先をゆく仄しろき足袋ふたひらを追ひて見知らぬ棟に入りたり

淋巴帖

おのづから世紀きはまる神苑に真鯉ひるがへり翳となりたり

あらあらと白昼を散る花ひきて「源氏」のおくへわたる風あり

淋巴腺それもさびしき花冷えの耳にとどく雅楽のきれはし

天与とふむごさや檻の猛禽にわが夕の影つ いばませゐて

臈たけていま燃えおつる木ぎれあり春の焚
火は夕日にまみれ

経る時のかぎりをこえてしづけさの蛙が雨
を呑みてをりたり

昏れてゆく水辺に夏の桜樹はわが体内の謀
叛みおろす

満月の夜の逢瀬かなたがみなる影を地にこ
すりつつあゆまむ

夜尽くと恋の指もてうづめたる蛍のひかる
うすきしらすな

葛藤の蔓をおもへばつかのまの逢瀬のきは
にからむ沈黙

不潔恐怖症

夏逝くは恋終はるよりくるしきに遠くにも
のを焚くにほひする

底紅木槿の色の紛れゆきてたちまちうすき
ゆふやみとなる

マンションに風の通ひ路　ときをりは幽霊
のささやきを聞きたり

仙人掌《サボテン》に緋緋と花咲く朝見ればをんなとい
ふこの異形のものはも

バスタブのさみどりの湯に沈みゐて男《を》波《なみ》女《め》
波《なみ》をおもふもあはれ

のみどにも鬱のときあり味しるき九月のミ
ネラル・ウォーターを飲む

潔癖の性を厭ひつ故しらず五反田に来て湧
きけるなみだ

WHITE DAY

薄氷《うすらひ》のこはるる朝のひびきもて左手《ゆんで》の鬱を
知るときもあり　（手二題）

白馬《あをうま》の皮膚のやうなる熱おびて右手《めて》を包み
てゐる折りもあり

千の象数へねむらむその象のひしめく膚《はだへ》思
ひねむらむ

朝夢に知り人ひとり現れて仮にといへるご
とく死にたり

炬燵にて待つわれのため雪の夜をわれは酒
瓶提げてかへりぬ

のみどより胃の腑へおつる時の間をゆるり
と寒の朝のしら粥

WHITEDAYわが生誕の刻すぎて練絹
のごと夜は降りきたる

昏昏とねむる夢見るまくら辺のヒヤシンス
みづに根を延ばしをり

死刑のこと告げられてのち昼ふかき二月の
沼を思ひ出しをり

春あさき苑のまひるま鳥たちの無意味無想
のいきざま見つつ

助教授曇り

朝顔に終《しま》ひの一花　母笑めば母の身裡の鬼
も笑みたり

性愛に賭けてひと夏　夜の檻のぬばたまの
みづに沈みゐる河馬

蝙蝠のちさきいのちのひろひろと夕を飛び
つつ夜にまぎれなむ

糺ノ森に蛇見たる日を語らむに師の死の後
のよぎる一瞬

肺腑いまくるしゑ秋の澄みきつて天使とは
腕つよきともがら

鴨川の飛び石わたるこのひと日「助教授曇
り」といふべき空の

いとなみのまた淡淡と竹垣に竹の秋たてか
けたりけり

さびしがらせむ

ひぐらしが耳に冷たし幼なわれは水の上ゆ
く幽霊見たり

耳鳴りに混じる声あり萩こぼれ秋には秋の
雨期来たるなり

草雲雀それとわかつて歩み戻りみづからを
またさびしがらせむ

秋茜天に群れくるひと時のこゑなきこゑの
満つる空はも

しろがねの秋の酸素を閉ぢこめて製氷皿の
結氷の声

秋霖《しうりん》の音なくつづく濃き闇に羊歯のねむり
をわれもねむらむ

ひたに思ふ夜明けまぎはにめざめゐて琥珀
のうちなる虫のこころ

寒波

わがからだねむらせてのち十二月の月射す
舗道のさまなどを見む

ガラスひと重そとの寒波のまなかひに雪の
翌檜《あすなろ》はなやぎてあれ

マンションを出でむと壬生の底冷えのその
底へ身を降ろしつつあり

月といふ輝く岩をあふぎつつ夜気のなか手
を泳がせてみる

模糊とした幸ひもあれにほひたつ寒の黒土
掘りかへしをり

くもりびの冬空擦れる牧場の牛の眼につね
泪湧きゐて

御所と内裏の距離を思へば足許にころがり
て何かこぼしたる椿

月のオペラ・連作障害

エンタシスに月虹みつる夜ふかくオペラに
透けてみゆる骨あり

土壌中ノ微量元素ハ年ゴトニ変質スコレヲ
原因トスル

これの世にみしらぬや否、ききしらぬ夜を
つたひて漏るる楽章

土壌構成素ノ偏向ハ即、病菌ヘノ抵抗力ヲ
後退サセル

みづうみの底の夫人よ静脈をガラスのかけ
らかいまくだりゆく

変質シタ土地ノ害虫発生ノ比率ハスミヤカ
ニ上昇スル

植物ノ生長ニツレハナハダシク増殖スル有
機物モアル

ひきしぼるソプラノの月しろがねの中より
碧をよびてもどさむ

手にふれてつかのまにごる水銀の冷たきほ
てりしづめかねつも

植物ハソレゾレ好ム栄養素ヲノミ摂取スル
土壌中ヨリ

有毒ノ多イ茄子科植物ハコトサラニ嫌地現
象ヲオコス

風葬のとほきかぜの音さいさいとききすま
すかな水のはたてに

冷えわたる魚しきつめて褥にすまなこみひ
らきねむるまひるま

土壌中ノ構成元素ノ改善ハ輪作ヨリホカニ
方法ハナイ

蒼ざめたゆびの先もてさんずいに夜をふらしめて液とよぶなり

宮刑――CD「美と犯罪」歌詞カードより

罌粟咲けば罌粟にあふるるおもひありてひと日陶器のごとく過ぐさむ

小火《ぼや》ひとつそれが記憶の始めなり彼岸桜のまづしきふぶき

ぼうぼうと桜の夜のたまさかに木乃伊《ミイラ》生きゐて煙草など吸ふ

少年のうしろむきなる暗黒のさつきまつはなたちばなの香

しかばねの蛍のきつきにほひしてこれをも恋のかたちと見たり

そのかみの水の行方のあやめ草あやめと名告る河原者ありき

蟬あまた声ふりしぼる夏真昼ここにこの身の影弑したり

宮刑のそののちを立つ夏の地にダアリヤの根を掘り起こしおく

鼻梁猛き汝がななたびの転生のあるときは蛇食らひける禽《とり》

南蛮の果実腐れる寸前のむせかへるごとき性愛をせり

華やかなる季の果て告ぐる野分いま墓の底にも吹き荒れてけり

不遇なる午後のいつとき見てゐたり運河の膨れあがるみなもを

壮年の体熱の輪につつまれつ獣の皮を舐めたる味

わが背後つきくる誰か人ありて石ばかりなる枯野行きけり

虫すだく夏のあら野のその行く手夜の列車がふいに迫りぬ

葡萄酒に葡萄の霊のたちのぼり気化するまへのたまゆらゆらぐ

聚楽へは三里砂漠へ四里半背中より日は突然暮れて

若水が青年ののどくだるとき鉄琴くらく鳴りそめにけり

鯱およぐ氷の海の濃みどりにただよひてあるわが腕《かひな》かな

石庭の石うごくとき来たらむを一夜雪ふるそこしれずふる

鯉魚——題詠「動物を詠む」

重力のあやふやなる夢のさめぎはに鯉魚あらはれてわが腹を打つ

前の世は濃みどりの藻のみなぞこに眠りゐしわれ　さるにても鯉魚

池の藻を食ひつくす巨き鯉魚族を髭のあらねば草魚と知りぬ

鯉魚草魚その身の違ひ知りてより鯉来たり草来たり鯉と草と来る

故知らず寝具濡れゐし朝明《あさけ》より鯉魚を抱きて生きゐると思ふ

夏萩物語——題詠「虚構の歌」

をりふしは紅指すことも稀なるを老いのほむらの今朝は濃くあり

七十路の胸に痛けれ青年のすくよかなる目の奥の光

おとろへの髪を梳くとき隣家《となりや》の命婦のごとき猫が来てをり

青年の手力のこるわが腕の愛ほしされどすぐに恐ろし

夏萩が池の面に散る午後さらに老いへとなだれゆく景色かも

天神街

夜の雨に潮にほひたつこのふるき天神街に迷ひ来にけり

烏賊焼いて食ふ人らをり幕のなかにぎはひをれどむげにつめたし

天神に近づくか否、アスファルト割りて檻褸菊咲く地に出たり

神楽鳴る方角たしかに社あり天神もとよりもぬけのからの

霧雨がシャツに纏はりつく背を一瞬冷やす夜の風吹きぬ

天神に会つた！　とふをんな乞食《こつじき》の嘘をさぶしみ行きすぎてけり

天神には行き着けぬこの予感しきり固まりとなるわが脳のうち

いぶかしと思ふ時きて思ひをり誰も傘をさしをらぬこと

天神のにぎはひをぬけ佇めば招き猫ばかり売る店のあり

湿熱の雨止まぬまま文様のいびつなる月あらはれてけり

枯草行

ひたすらに渇く身ひとつひきずりて晩夏レオナルド・ダ・ヴィンチ空港

ポンペイは陽の竈《かまど》なり死者生者かたみに砂の塵にまみれて

カプリ島のいただきに来て光見ゆ音死にたえて船のゆく見ゆ

黄昏のふかきプールのつめたさをわが生《な》さぬ子へ娶らぬ妻へ

朝顔の原種の青さまぼろしの手ごたへなして眼裏にあり

失楽の心ざくりとソレントに鮮紅の合歓はなしぶきして

はじめに石ありきとぞ野の沖のマテーラに風月のあとかた

わが影を切つて来し旅たそたそと風草ふみてしたがふものあり

時ところうしなひつづけマテーラの枯野にすがる蝸牛かな

刺青のをとこ祭の雑沓に追ひてレッチェのあだなる暑さ

薔薇窓をふりあふぐわれ疲れたる光とともに石の上《へ》にをり

ピエタ像なまなまとせる教会のうち手つかずのくらがりのあり

ターラントの松さわぎたつ風中に有明月のただひとかけら

伽藍より伽藍の闇のおほいなる嵩に圧されて立つわれなるを

金色に灼けてバーリの港ありどこからもいちばん遠い場所として

古歌《ふるうた》の光を借りて海見てしこのよろこびのほころびるまで

アドリアの鰯のむれをおもふかな月の夜は月のかげに溺れて

対岸の見えぬ灯ともるアドリアに髪をやく
香が夜をつつむ

ブーゲンヴィリアのまづしき真紅ひとたび
は命にむかふものを得たれど

アッピア街道果つる異邦の枯原にわが生涯
をいまひきかへす

ヴァカンスも終るころほひ陽に焼けた古新
聞の手ざはりの束

ぬけ殻のギリシャ劇場誰かれの夢にみられ
てのちのまどろみ

蔭に入れば肌に蔭染むシラクサを死にたる
草の宿とおもひつ

ブリストル・パークの朝餉しらちやけた鬱
のかたちのパンなど噛んで

テラスより湾の昼凪シェスタには冷たいネ
オンサインの夢見て

街ひとつ転がつてをりパレルモの人かつて
捨てたりける街が

プレトーリア広場の真中いびつなる性器を
恥ぢてたつ像のあり

撃たれるならまさに額をなど言ひつ凌霄花《のうぜんかづら》
の性悪の朱

パレルモのひろのひもろぎ白昼は耳翼を砂
のつぶてにさらし

シチリアの熱き風ふくこの旅は夏の枯草ふ
みゆくばかり

あとがき

「木に縁りて魚を求めよ」とは、この世に偏在する、ある摂理のようなものをあらわしたい、との思いから名づけたタイトルである。この何年間か執していた、自分のかすかな霊感世界を媒介してくれたのは、「水」のイメージであり、いうなれば、木も魚も、惑星を循環する「水」の縁語である。この歌集の読者の脳裏に、「水」のイメージがあふれたならば、作者としては最高の幸福である。

構成は編年でも逆年でもなく、一九九一年から九六年までに、「玲瓏」「短歌」「短歌研究」「歌壇」「短歌往来」「現代短歌雁」「京大短歌」等に発表した歌を、大幅に再編集したものである。後半の、「鯉魚」は「現代短歌雁」の、「夏萩物語」は「京大短歌」の、それぞれ題詠である。また、「宮刑」は、CD「美と犯罪」の歌詞カードに歌を求められて発表したものである。巻末の「枯草行」は、九五年にイタリア南部・シチリアを旅行したときの作品であり、その年の玲瓏賞受賞作となったものである。

師の塚本邦雄から受ける刺激は、相変わらず作歌意欲のおおきな源泉でありつづけた。この恩寵に、すこしでも報いることができれば幸いだが、果たして、為せたか、どうか。また、この間も、おおくのすばらしい方々にかこまれて生きてこられた。いつも、まわりにいて支えてくださった方々に、心から感謝の意を捧げたい。出版に関しては、縁あって島田尋郎氏に采配をふるっていただいた。また、間村俊一氏により、美しい体裁をあたえられたことも、この歌集の栄えである。重ねて深謝する。

一九九七年七月二〇日　海の記念日に

林　和清

自撰歌集

自選二〇〇首

恋が滅ぶのは、城が堕ちるやうだつた。ひとつの国が地図から消えた。

終りのはじまり

あなたはなにを知つてゐたのか――舌先に知覚過敏を追ひつめながら

明けるとも暮れるともつかぬモナリザの空いちまいを脳裏に貼りて

恋のほろぶ経過つぶさに反芻《にれがみ》ておぼるるほどに冬の陽の蜜

ゆふぐれに色なくす部屋いつよりか記憶の顔がひとつころがる

過去形の恋あやふやに異邦の城のテレフォンカード眺めてばかり

襤褸菊が左右にほろぶいくつもの顔を踏みつつ冬の道ゆく

もうどこへもゆきたくはないぴきぴきと蛍光灯の輪をとりかへる

アパガードのあとのこなゆき言つてみれば開闢以来はじめてのあさ

水道水の銀のかをりに満ちて二十世紀ぢやない世紀末がくる

寒く目覚めいま見たこともない薔薇が生活態度の砂漠にひらき

不機嫌な向日葵

RED of ROSES《安楽な生活》そのまま死ねるならこんなに恋することもなかつた

悲しみをぎりぎりまで追ひつめてゐる身はジャグジーに弄《あそ》ばれながら

もどらない人の残像さはさはとマンションぢゆうのポトスが枯れる

リビドーの最後の一葉　背中ごしにわけのわからない月がのぼる

待つてゐた電話も切つたその舌からアロエの味が夜を去らない

あらかじめ選んでおいた記憶としてプールの底で涙をながした

君といふ入江があつたさみしさに夏の密使
がおちあふあたり

しばらくはこの日常に滞在する不機嫌な向
日葵をそだてて

悪意ある薔薇を束ねて

あの夏の夜を呼びだすまだきみの肉声の肉
はりついたまま

悪意ある薔薇を束ねてたづねあふかつては
虹の根があつた部屋

——ふたりともうごかずにゐた一年でいち
ばんながい昼がゆくまで

傷みゆく果物の肌　あの昼が記憶のいろの
トーンを変へた

あざやかに別れの手をふりあつたあと蝕ま
れる葉桜を見てゐた

深夜の音が身に降りてくるぼくもまた眠り
を殺してしまつたひとり

雨後の月が赤くのぼる　もうだれも先へす
すまなくなつた夜に

良い夏を！　ただ良い夏を！　瀧のうへ消えない虹を見てゐるやうな

寒い薔薇を

憂鬱の鳥が頭上にあらはれてふたりの肌のにほひをかへる

もうなにも起こりはしない――めぐり逢ふこの次は月のうらがはででも

約束の握手はすんだガラス戸のそこまで夜の手先が来てゐる

蜂が蜜におぼれる冬の陽の甘さやけにこたへて歩けなくなる

恋はもうとりもどせないおほむかしの植民地でまた火の手があがる

「エリーゼのために」などなにもできはしない指さすたびに椿がおちる

みんなそれぞれひとりづつのこされて手品の種でも考へつづける

死ねばいい今朝この街につくられたスノーマンたち　夜の糠雨に

癒される傷がつらくていまはただどこまで
歩いても冬の国

追憶の水くぐりくるあなたにはいちばん寒
い季節の薔薇を

ケミカル

神よりもナイキを信じゆふぐれにミネラル
いろのなみだをながす

気がつけばまた歯をみがく自分がゐるなに
を食べたわけでもなくて

かつてなにか愛したといふ記憶だけエヴィ
アンは暗い石の味する

癒されてゆくのか僕でさへ今日のケミカル
な月のひかりだけれど

「食べること」ずつと忘れてゐた——いまは
掌のなかにあるスープのカップ

世紀末といふのは、単なる時間の区分ではない。ある精神の持ちやうのことなのだ。

ルミナリエ

百年も夜がつづいてゐたとおもふ観覧車のいただきに着くころ

流星の痕なき空へ噴水の最後の水がしばしとどまる

目覚めない人の脳裏にだけのこる都、森、塔、淵やせせらぎ

記憶の曲記憶のままに奏でてみるふたたび失ひなほすために

祭式をおこなふ獣たちがゐる苔より水のしみだす森に

生きてゐたことにおどろく神神の訃報のニュース解禁されて

雪のうへに孔雀舞ひ下り大洪水以前の国をつぶさに語る

また百年夜がはじまるルミナリエの祈りが街を埋めつくしても

ヒスペリア

トゥルクは祭の最中。夏至もちかい。

わが指は異邦のしるべ　さしだせば岬為し
入江為しフィヨルドを為し

タクシーを呼んで、ハーヴィスアマンダへ赴く。

もう誰も死なない惑星《ほし》になるだらう白夜の
森が胸をひらいて

食べたものは鮭や鹿肉、ランプフィッシュの金色の卵。

晩餐の終りはながいながいながいゆふぐれ
そのままよあけにつづく

衛星モバイルフォン、最大手はこの国の企業。

てのひらのＮＯＫＩＡで呼び出すうしなつ
た月星、闇空、夜のきぬずれ

コソボ紛争の解決のため眠る間もない。

御多忙の大統領《あるじ》の留守の薔薇園をゆく妖精
たちの影をけちらし

ムーミン谷でステファニィと写真を撮る。

ほんものの草原のあるこの国の空想上の今
日のいちにち

「空爆終了」、英字新聞をひろひ読み。

これ以上進まなくてもいい日が来る　さあ
ヒスペリアのオペラハウスへ

氷河は崩れつづける。国土は隆起しつづける。

もう誰も生まれない惑星《ほし》になるだらう澄み
きつたこの朝を最後に

地下につくられたテンペリアウキオ教会。

ここでなら世界が終るのも見渡せる　銀河
は鎖された光の輪

かつては聖夜を祝つてゐたらしい……などと回想する日もくる。

聖クロースに熱い珈琲を淹れてやれ　もう
役割の終つた彼に

天人午睡

春といふ仕事に飽きてよこたはるやたらさ
びしい微熱のからだ

ゴムの木に不実の理由話し終へさて午後い
ちの歯でもみがいて

左右ある「位」があつたあるときはいたく
さみしいひとがのぼつた

氷式部、霜夜の尚侍などゆめみ
WEEKCOOL《弱冷房》の車両にねむる

遠ざかるほどに鷗になつてゆくひとの記憶
の　夏空の汚点《しみ》

命といふ残り時間が手わたされる褪せゆく
肌の夏のかはりに

体温が下がりやまないこの月を悪意あるも
のと見つめつくして

美貌へと雪崩れゆく寸前の秋またあたらし
い駅が生まれて

来年の昨日くらゐに天人が左右の眼をしば
たたかせだす

めざめれば深夜のまほら爆破された湖畔の
ビルがまた建ちあがる

メルセデス！

わざと冷たい水のみくだすいつよりか冬の
収支がはじまつてゐる

滅んだ国のある音律を聴いてゐる炎を見る
といふおももちに

コンタクトレンズ捜しに森へ行く今日から
は冬のさなかの秋

この街の裂傷として立つてゐる樅の木が聖
樹の飾りをまとふ

吹き降りのプラットホームみな何をはげし
く耐へてこの冬の顔

どうしても合点がいかない　夜の雨に雪が
泥へとかはりはてても

次の世紀にくるかもしれぬしあはせのひと
つ、自分のベッドで客死

みづからを鎖せば春の快楽《けらく》として鳥や獣の
夢ばかりみる

メルセデスがこのゆふぐれを冷えてゐる――
夢の治療の痕跡として

昏れのこるリチャード三世　鎖されて回送
となる電車のなかに

朝焼の空の真下へ　遠つ世の密使にかりた
ディスクかへしに

あきらめの森

五月雨を背後に立たせ黙ふかきあなたの眼
のなかのクイーンズダム

六月の戦利品として見せあはう夜警から奪
つた真夜中の眼

あきらめの森が拡がるこの雨に針がまじつ
て降つてくるまで

話すほど口中に針が生えてくる想ひがつの
りつひにゆふぐれ

長梅雨の列車が通るいくへにも天使に包囲
されたこの地を

森の底で見たのは夫人　ゆふぐれのきれは
しのやうなチーフ拡げて

この梅雨はもう終らない　葬られるオルガ
ス伯のうるさき天上

阪急で根の国へゆく苔色のシートに夢をさ
まよひながら

不穏の旗

空に塩満ちてくる秋　みなひとがやがては
王へいたる病に

神がすべて神ではない――樹の陰のおもは
ぬ近さに鹿が鳴くよ

かりがねといふ名の影が渡りくる不穏の旗
のなびく空より

川がふかく抱きあつてゐる黄落の秋の平野
をつらぬいて来て

劇薬の劇の真中にいにしへの王が苦悶の仕
種をみせる

気がつけばかたはらにある　童王が秋風を
飼ひならす黒森

「よみがへる王女のためのパヴァーヌ」が聞こえる森の苔の祭に

生まれてから抜けおちたわが髪すべてどこかで森をなしてゐること

いつまでのこのゆふぐれか笛の音が針葉樹林さかなでにして

ともに戴く天があることあとはもう砂ばかりふる月の夜になる

さねさし

睦月あなにやしゑをとめ蘭鋳《らんちう》をゑをとこのシャム猫が殺めた

寒気団頭上さいなむ籠り居の日日ひとつかみほどのぬばたま

さねさしと言ふときひとの口中に火のほの見えてそのぬるき冬

飛ぶ鳥のあすかあるとき厩戸《うまやど》が毛人《えみし》の馬鹿！　と言ひすててけり

生きながら松になる男がゐたり波にくるしむ岬の松に

杜から森へ神社が北へつづきゆく神が歩いて旅した印

山に火を放てよアヒルカナ文字の送り火に冬の霊をゆかしめ

ひたひたと月がてのひらで触れてゆく蘇我入鹿の薔薇のむらぎも

早春の水満てる玻璃かたむけて白き命《ミコト》の声を聴きをり

旅の夜の夢のみぎはに百済より春の潮《うしほ》が巻きもどりくる

10の緑

みどりの日うらら午睡の枕辺にカンブリア紀の日誌が届く

鬱の鞄さげたまま乗る地下鉄がいたるみどりの日のうらがはへ

風渡る大淀の岸　ひと世なにも考へないまま葦のさみどり

腐りはてたぼくらが眺めるときかすか香を
聞かせてよ緑のさくら

有事無事いづれみどりの日の波の不安が末
の松山を越す

銀の匙さしいれられて　あ、と声をもらし
た風《ふう》の緑のスープ

湧泉の緑にそまる鯉が来てわが躁鬱の影を
ついばむ

木賊刈つてなにになるんだ――緑染む指も
てふれる肉親の肉

かすかなる淫らさをこそ恋ふべきかうすも
ののみどりいちまい隔て

絵の具にはなぜかビリジアンと書かれてた
みどりなすことなき少年期

荒地狩り

八月の塩ふくシーツこの朝はまたヴェラン
ダに神をまたせて

ここからは逆しまに行け街に人に真昼の電
磁波はきらきらし

まだつづく人生《ラ・ヴィ》　外界の灼熱を見ながら蝦
チリソースの真つ赤

「吊された男」の逆位置《リバース》　タロットに午後の
浮遊の時をゆかせて

瓦礫見へ荒地狩りへと急きたてるおもひに
夜の身をひきおこす

胃を素手に採まれる夢の覚めてのち珈琲青《コーヒーブルー》
の闇がまだある

あの時もさう、人間のゆくさきの血のにほ
ふ闇を告げたのは鮎

白い雉、朱の鳥がまた噂といふ戦の種をひ
とつぶ運ぶ

千年の都市の命運尽きたりとあまたの鳩が
空を埋める

ひるがへす朱夏のハンケチやがてくる世紀
のいちばん長い真昼へ

「諸世紀」より

いつぽんの桜の不安が桜へと伝染してゆく
やがて爛漫

凭ればわかる　去年の春のことおぼえて
ゐる樹と忘れはてた樹

千人の顔写真舞ふあをぞらに桜あらはな風
姿をたもつ

見憶えのある象《ざう》がまたつけてくる桜の不安
が吹きよごす地を

崩された山の断面あのひとはなにをか言ひ
さして死ぬひと

きな臭い市《し》を抜けてゆくポケットの中は餞
別に贈られた釘

旅をここへ捨てて行かう駅亭にぬぐ真つ黒
なはるのてぶくろ

メンソールに火を貸してくれあの夜のゴモ
ラを焼いた残りの熾《おき》で

それぞれに終りへむかふ病葉《わくらば》のハーブのお
茶にあたたまつたら

帰化植物がまたたちあがるいつだつてひと
より影の数のが多い

いつか見た鶺鴒の翳おたがひの涸れ川をひ
き擦りつつ渡る

嫌だ、その冷えた指　止せ、膵臓や脾臓を
まさぐるやうな抱きかた

聖五月いびつに暑くなる日日のおそらく汗
のアラビアの馬

神は逡巡するものあわてて転ぶもの——レ
タスのしろい噛みごこちさへ

ああとてもわかりやすい終りかた十三星座
そらにきしんで

「千九百九十九の年、七の月」《L'an mil neuf cens nonante neuf sept mois,》医院へつめた
い人魚とあるく

医師が肩すくめて告げる病気の名
「空より恐怖の大王降らむ」《Du ciel viendra un grand Roy d'effrayeur.》

「アンゴルモワ大王の復活の為」《Resusciter le grand Roy d'Angolmois,》醜形恐怖症
まあそんなとこ

「其前後マルスが幸福の名の下に統治せむ」《Avant apres, Mars regner par bonheur.》
あすのあさ早いから

もう寝よう
「太陽は其時運行を止め、余が予言全て畢りぬ」《Quand le soleil prendra ses jours laissez, Accomplit a fine ma Prophecie.》

ある年の暮れゆくなだり

文月某日　塚本先生入院――の報が入る。

天上に金環壊れる音がする汗のスーツの中に眩みて

いくつもの情報が錯綜する。すぐ後でわかる嘘を言ふ人もゐる。

昏い噂の手が触れてくるあの塔に蔦紅葉まだ繁らせたまま

「先生は体力、気力がおありになるから」と言ふのが互ひの結語。

素焼の甕あまた並べてあるここをいつかヌーの大群がよぎる

神戸、高槻にて講義「持統天皇Ⅰ」。但馬は粘りに足をとられるだらう。

かの朝を帰ると夫ある皇女《ひめみこ》が徒歩《かち》にて渡るスライムの川

京都で講義「大伴家持Ⅰ」。

虫喰みて恍たる人の食感のよみがへりくる夢のまほろば

葉月某日　塚本青史氏より先生の手術が成功した由伺ふ。体力の御回復を待つばかり。

醒めぎはの夢見はいかにこの夏の陽の暴虐を師だけは知らぬ

京都で講義「大伴家持Ⅱ」。聖武帝は四つの都を五年間彷徨した。

さまよひの帝がゆくよ瀝青の街道に油の尾を曳いて

豊中にて講義「持統天皇Ⅱ」。大津皇子は鴨の命がね
たましかつたのだ。

膕《ひかがみ》までダム湖につけて夏の子が追ふ水禽の
むらぎもいきぎも

呉にて茸雲を遠望したのは塚本邦雄。われわれの小学
生時代と言へば……。

「君が代」の字余りを声かすれさせ歌ひきべ
トナムに人死にしころ

来月の玲瓏全国大会は不確定要素が多くなつた。幾度
もの打合せが続く。

激痛に鳴く蟬もゐる――永遠の夏とはいつ
の憧れだつたか

長月某日『源氏物語』講義――雲隠まで――。二条院
は源氏から紫上、匂宮へと相続される。

三の皇子の袖の残像　築山をなだれる松の
悲運かすめて

京都で講義「大伴家持Ⅲ」。反逆王達を拷問死させた
藤原仲麿の怯えが窺へる。

黄文王《きふみわう》、道祖王《ふなどわう》その剝きだしの背にいくた
びか時雨の堅さ

玲瓏全国大会。手術後の塚本先生のお顔を初めて見る。

深い水とほして仰ぐ太陽のゆらぎよまなこ
鎖《さ》さぬ屈原《くつげん》

岡井隆氏講演「塚本邦雄への感謝」。両氏の初書簡の
遅れには秘密がある。

医師《くすし》の眼《め》もたざれば椅子におはす師にわれ
はふたたびスピーチを乞ふ

梅田にて講義「在原業平Ⅰ」。

秋の扉《と》をあけるのは野におきざりの椅子の
夢を見たといふ記憶

短歌研究社各賞授賞式。羽田から東京へ上陸。

九月の椅子十月の卓われはまた軽い躁に苛まれある

神無月某日　京都で講義「大伴家持Ⅳ」。桓武帝の凄まじい妄執が興味深い。

鶫がふいに鳴きやむ気落ちしたやうにも見えるみづからの火に

何の前兆もなくいきなりの下血。初めてのことなので精神的動揺が激しい。

追ひかけてゐたのは死の背だつたのか玉砂利のしづかな勾配を

新装のクリニックで受診。あきらかに自分より若い女医。

感触は珐瑯質のなめらかなむごいやうな白い背だつた

胃と腸の内視鏡検査。またしても女医、それもかなりの美人。

染められた臓腑が見える薔薇色の海豚をさそふ雨のかんむり

十二指腸潰瘍痕とポリープ痕が見つかる。この世はすべて何かの痕跡。

鶫に林檎を雀には柿を頒けをればある日一羽が部屋へ

不可思議の朝。

まづは雀、そのうち百の禽獣の寄りきて涅槃のベッドを囲む

師は順調に回復されてゐる由。ローソンにもお出かけになる。

地雷野をゆく足取りに逍遥す紅葉にいたる遺伝子見つつ

バスツアーにて近江神宮、三井寺ほかをめぐる。テーマは「天智天皇」。

天智帝御陵へ径はつづきをり匿名の樹木《きぎ》ばかりの森に

「源氏物語朗読」製作発表会見。寂聴尼ほかに御質問するのが今日の役目。

木犀はふいの懐旧　たたずめば香のなかに琴鳴る気配して

梅田にて講義「在原業平Ⅱ」。

阪急が秋の蒼白壊しつつ平たい淀川のうへを渡る

霜月某日　祖母の家は大宇陀の四十六代つづく旧家だと言ふ。

鵯よ叫ぶな神が待つてゐるやがては冬の来なくなる日を

バスツアーにて金峯山寺、竹林院ほかをめぐる。テーマは「歌枕・吉野」。

秋寺が冬寺になるそのなだり空気にしろい斑《ふ》の増してゆく

京都で講義「安部仲麿Ⅰ」。井上靖『天平の甍』を再読する。何度目か。

表情を喪失したる男として仲麿は行間に張りついてをり

左岸の会。「今日は黒々とした……」と岡井隆氏。出席者の殆どが男だつたのだ。

川岸へそれぞれの頭《づ》をはこびくるたがひの玄武見えはしないが

神戸、高槻で講義「柿本人麿Ⅰ」。キーパーソン藤原不比等の冷たい手。

あるときは紅葉まみれの庭だつた――脳死にいたる人の見る夢

この年ほど雑木紅葉の美しい秋はかつてない。

霜道の骸をひきはがす作業あんな月を見たら終りだ

京都国立博物館「若冲展」のあと、三十三間堂へ。

いくつもの観音の影殺到す御堂のうちの時雨のしめり

講義「安倍仲磨Ⅱ」。

古い異国、たとへば唐の僧の影のびてきてこの机上の鉛筆

梅田にて講義「伊勢Ⅰ」。伊勢は、幾度も死に、生き返る女。

しめやかな死人の窓を覗いてゐる繁り極める欅の紅葉

極月某日『源氏物語』講義最終回――宇治十帖――。心のうちのすさまじきかな。

「とぞ」といふ至妙の崖へ辿りつく講義はふたたび「いづれ」の岸へ

上賀茂にて句会「らんの会」。社家町《しやけまち》に川が流れる。

北より来し賀茂氏もあらむ水底につひのてのひら重ねる紅葉

神戸で講演「千年前の衣・食。住。恋」。

「トッカータとフーガ」の波が寄せてくる荒涼たるこの部屋の此岸に

取材で京都新聞社。野中広務氏と擦れ違ふ。地元に帰り顔が円くなつた様子。

さう言ふなら範を示せよ範の字は犬を車で轢きころす意か

神戸、高槻で講義「柿本人麿Ⅱ」。詩人の悲惨なる運命などを。

カイト一機寒波の空の紺青に落ちゆくそこ
が肺の深み

現代歌人集会秋季大会。講演は岩田正氏。受賞は大塚ミユキ氏。

人の吐息で湿つた夜の街衢には〝空しい車〟
のひしめくラムプ

二夜つづけて岡井隆氏と宴席の栄。昨夜は赤い酒を、今夜は澄んだ酒を。

人間《じんかん》に暖めよ酒　小座敷に散りやまぬ言《こと》の
紅葉を焚いて

雨のルミナリエ。

哀しみは色彩を伴ひて降る緑内症の熾天使《セラフィム》
の視野に

八尾にてこの年最後の師の講義。差入れした洋菓子を残さず食べてくださる。

出てゐない月を見ることさへできる河内平
野の寒の夜空に

二十世紀最後の聖夜。人に。

《クリスマスは光の祭この惑星《ほし》に残る光をす
べて贈らむ》

梅田にて講義「伊勢Ⅱ」。明後日はこの年の最終講義「小野小町」。

新暦《ニューカレンダー》繰ればはららぐ日月にわが屍《し》を海
に棄てる日しるす

京福電鉄事故の記憶も去らぬまま越前へ。

「雪の永平寺」といふまさに普遍的比喩の中
にて、でも寒くはない

京と福井、私鉄でつながれる日が来るのか。

枯岬《かれみさき》波に苛まれつづけゐる生まれかはつて
も神はおんなじ

壬生寺の鐘が間近に。

歳晩の夜の墨の雨　濡れ靴に踏みしだかれ
て逝く世紀あり

幻滅感だけがほんもの。

ドアノブに手をかけて待つ世紀には誰もが
消えてゆくといふ救ひ

悲鳴

鵯の朝の悲鳴がひき裂けり悲鳴あげむとく
るしむ夢を

沈黙の枝葉が部屋に殖えてゆく悲鳴をのど
におし殺すたび

ここに陸終り、海始まる

ポルトガル紀行　２００２年

旅の始まり

ルイス・カモンイェスという詩人をごぞんじだろうか。ルネッサンス期最大の詩人といわれているが、日本ではあまりなじみがない名かもしれない。その代表作「ウズ・ルジアダス」の中のフレーズが、今回の旅の発端となった。それは「ここに陸終り、海始まる」という一文。宮本輝に同名の小説があり、それで知った人もあるだろう。九州の倍ほどの面積しかない国ポルトガルが、世界史の一時期、華々しい黄金の時をつくりあげ、世界地図を書き換えてしまうほどの偉業をなしとげたのは、この詩にこめられた国民精神にほかならない。背後からスペインの脅威にさらされ、いつも断崖へ追いつめられたような心持を余儀なくされていた人々。しかし、陸はそこでつきるが、そこからは大海が広がる。その向うにこそ、未知の陸が待っている。だから海の始まりはまた次の国の始まりなのだ、という遥か彼方に向かう視線が、この国の青春期を支えた。やはり詩は偉大である。歴史の中に過ぎ去った事実を、生きた息吹として現在のわたしたちにも運んでくれる。

わたしはこの詩の向こうにたちあらわれる一人の王子の姿を見た。その人は、きらびやかな襟飾りや身をよろう甲冑とも無縁の修行僧の姿をしている。いつも研究に没頭している沈鬱な顔をしたその人こそ、ポルトガルを一時でも世界一の国に押し上げたエンリケ航海王子である。わたしの旅は、このエンリケ航海王子に出会うことが一番の目的となった。

ページ開くたび立ちあがる樹がありぬ
死に絶えた言の葉を繁らせて

ロンドン・ヒースロー空港を経由してリスボンに入ったのは夜だった。旅につきもののトラブルつづきで疲れてはいたが、翌朝、ふりそそぐ陽光とかすかに潮の気配を感じさせる微風に会うとそれも吹き飛んだ。司馬遼太郎も「南蛮のみち」で、ヨーロッパで最も気候のよい秋のリスボンに目覚めると、もうそれだけで幸福を感じた、と書いている。ホテルのある一角はポンバル侯爵広場に近く、以後滞在中は、この像が目印になった。大政治家ポンバルは、一七五五年の大地震からリスボンを復興させ、いまの町並みをつくった。大震災で被害を受けた神戸から旅に参加されている人たちは、ことさらの思いを持ったようだ。毎日の見学からの帰路、ポンバル像が見えると、ああ帰って来たという気持ちになる。早くもポルトガル人特有の郷愁と哀愁をないまぜにしたサウダーデという感情のとりことなってしまったのかもしれない。リスボンのことを土地の人と同じように「リズボア」などと言ってみたくなる。わたしは、この国とは相性が良いようだ。

もう二十年ほど前だろうか、師の塚本邦雄と出会ったころ、行ってみたい国は？と聞かれ、ポルトガルと答えたことがある。そのころのわたしはアメリカもソビエトもヨーロッパも嫌いで、日本文化だけを信奉している若造だった。唯一、ここなら外国嫌いの自分でも居心地が悪くないだろうと思ってあげたのだが、その直感が当たっていたことは実際に来てみてよくわかった。さまざまな眼の色、髪の色の人たちが、実に自然体で暮らしている。明るいのだが、他のラテンの国のようにアクティブではない。少しはにかんだような微笑をたたえてさらりと接してくれる。

ポルトガルには「ない」ものが多い。まず服装に流行がない。みな好きな物を着ている。それでおかしくなく、センスも悪くない。学校には制服もなく、校則もない。中には犬を連れてくる子もいるそうだ。しかし、非行はない。厳しく規制しようという考え方がない。世界遺産でも自由に写真がとれる。殺人や強盗などの凶悪犯罪も少ない。あまり利権がないのかマフィアもいない。男女の格差もあまりなく、本人がその気ならいくつになっても仕事をしている。

人をうらやんだりひがんだりすることもあまりないらしい。EUでもっとも収入の少ない国だが、貧しさはない。ホームレスの青いテントももちろんない。ごちそうもないが、食べられないようなクセの強いものもない。人々は、遠い過去に繁栄があったことを思い出しながら、いまは静かに生きている。大国の攻防を横目に見ながら、サウダーデにひたりつつ暮らしている。『源氏物語』に頻出する「なつかし」という言葉は、このサウダーデに近い感情を指すのかもしれない。

ジェロニモス修道院・ベレンの塔・発見のモニュメント

ポルトガルの黄金期である大航海時代の富をつぎこんでつくられたのがジェロニモス修道院である。海のように広いテージョ川に面して建てられている。偉容を誇る建造物だが、人を威圧する感じはない。船のロープをデザインしたマヌエル様式の天井が軽快で、航海で発見された異国の動植物を彫刻した柱ともども存分に眼を楽しませてくれる。入り口近くに、カモンイェスの棺が安置されている。国賓が来たとき、真っ先に立ち寄り花を捧げるのがこの棺である。当時のアメリカ大統領クリントンも献花したそうだ。右手にはバスコ・ダ・ガマの棺もあるが、船長より詩人の方が尊敬されているというところがうれしい。文化国家の証である。

着工は一五〇二年で、完成までに約百年費やしている。ちょうどそのころに建てられたのが大坂城であり、そこには南蛮文化の影響がある。ポルトガル人の世界進出の最終ゴールが、秀吉の浪花の城だということか。このジェロニモス修道院が創建されたばかりのころ、日本からはるばるやって来た者たちがいる。それが天正少年使節団である。織田信長のキリシタン政策により、日本では大変な南蛮ブームが起こった。フランシスコ・ザビエルが到着してからわずか十年足らずのことだったという。

信者でもないのにロザリオを下げアーメンなどと唱えたり、南蛮名をつけたりして喜んだ武士や商人たちもいたらしい。そのブームの最高潮は、キリシタン大名の大友宗麟らによって選ばれた四人の少年が、聚楽第へ出国の挨拶に訪れた時だった。華々しく送り出された伊東マンショ、千々石ミゲル、原マルチノ、中浦ジュリアン、いずれも十三、四歳の敬虔な信者の少年だった。二年かけてリスボンに上陸し、ジェロニモス修道院を見て感激にうちふるえたという。彼らがパイプオルガンで聖歌を演奏したので、司祭たちは大変驚いたらしい。ローマ法王に謁見して、帰国する頃には二十歳を過ぎた青年に成長していた彼らを、歓待してくれる者は母国にはいなかった。なぜなら彼らが出発した年が天正十年、本能寺の変。出発した直後に、彼らは最大の庇護者・信長を失っていたのである。あとを継いだ秀吉が、まもなくイエズス会と決裂するとキリシタン弾圧が始まった。四人の少年は、青年となるまでキリスト教を学び、凱旋帰国であったはずの日本へ帰るといきなり弾圧されたのである。国外追放、病死、殉教と悲惨な運命をたどり、千々石ミゲルだけは、棄教し行方をくらましたそうである。彼らの純粋に輝く黒い瞳を思いながら、いまジェロニモス修道院の磔刑像を見上げる。

転びきりしたん千々和ミゲルの消息を
鳥も虫も草もみな知つてゐる

テージョ川の公女と呼ばれるベレンの塔は、本当に美しい。何百年も川の中に建っているとは思えないほど陽に白く照り映えている。ここ数年かけて、クリーンアップしたらしい。微粒砂を混ぜた水で洗浄する技術は、日本がもたらしたものだという。命を賭けた航海へ出てゆく時、最後に別れを告げるのがこのベレンの塔で、帰って来たときに迎えてくれるのもそうである。この優しい姿を見て涙しない航海者はいなかっただろう。テラスには航海の安全を祈った聖母マリア像がある。最上階まで外国人観光客らと一緒になってせまい螺旋階段をのぼる。幅十キロものテージョ川は、光に満ちあふれている。末知へむけて船出していった者たちの心を思いながら見渡すと、側方には発見のモニュメントがさらに白く輝いて聳え立っている。いよいよエンリケ航海王子との対面である。

テージョ川の公女の地下には水牢があり政変のたびに混みあふ

発見のモニュメントは、エンリケ没後五百年を記念して、一九六〇年に作られた。高さは五二mで内部にエレベーターがある。リアルな描写はイタリア人彫刻家の手によるもの。カモンイェスやガマ、マゼラン、ザビエル、画家ヌーノなどポルトガルの偉人たちが、みな船の舳先に向かってひしめいている。先頭に立つのはもちろんエンリケ航海王子。しかし、川の中へつきだしたモニュメントの先にいるので後姿しか見えない。顔を合わせるのは、テージョ川クルーズの時までおあずけである。左右に三十人ほど並ぶ人物の中に、ひとりだけ女性がいる。イギリスからアヴィス王朝初代ジョアン一世のもとへ嫁いだエンリケの母である。この時もたらされたイギリスの技術やイギリス人の気質が、子のエンリケに受け継がれ、世界にさきがけた大航海時代の始まりとなった。エンリケは、最新の航海術を研究し、学校をつくって航海者を養成した。理論と技術がしっかりと基礎を固めたからこそ、その後のガマやカブラルらの成果となってあらわれたのである。生涯、妻をめとらず粗末な僧服に身を包んで研究に没頭したエンリケ航海王子をいまもこの国の人は、最高の偉人として尊敬している。

陽ざしは強いが川からの風が涼しい。素朴な民芸品がたくさん並んでいる店に入る。「バルセロスの鶏」の小物が多い。無実の罪を着せられた巡礼が、処刑される前に、「わたしが無実ならそのテーブルの上のローストチキンが鳴くだろう。」と言うと、果たしてその通りになったので急遽、無罪放免になったといういわれがある。特産のコルクでできた絵葉書やハンターなどを買う。

ドバックまであるのには驚いた。今日の夕食は、ファドを聴かせてくれるレストランに予約が入っている。アマリア・ロドリゲスはすでにいないが、どんなファドに出会えるだろうか。

アマリアの声のむかふに寡婦たちの黒
衣の群が死魚拾ひゆく

ファドとは運命という意味で、静かに情感を高めて歌い上げる流行歌。サウダーデにふさわしい暗くて甘いメロディを持っている。店はバイロアルトという下町にあり、暮れた石畳を歩いて行くと何とも風情がある。「O FARCAD」という名で、なんと十七年前に塚本邦雄が訪れたのと同じ店だった。所属歌手の写真を見ると、確かに塚本からお土産にもらったテープのパッケージで見た顔がある。

最初の出番は若い女性の歌手。かわいい顔をしているのに声量は豊かで伸びがいい。途中、フォークロアダンスなどを交え、五番手くらいに出てきた声も体もボリューム満点の歌手が良かった。アマリアの大ヒット曲「暗いはしけ」しか曲名を知らないので、リクエストする時にポルトガル語でなんと言えばよいのか考えたところ、暗いはイシュクーロ。はしけはボートのこと、形が似ているからそう名づけられたという寿司のことをふと思い出した。すなわち、バッテラ。「イシュクーロバッテラ」が「暗いはしけ」だろうか。リクエストの機会もないまま、夜の早い日本人はホテルに引き上げたので、恥はかかなくて済んだのだが。

ブサコの城・ペナ宮・アルコバサ修道院

塚本邦雄がポルトガルを訪れた時の紀行で、玲瓏五号に掲載されている「ブサコの森の幽霊ホテル」という文章がつねに気になっていた。国王の城や貴族の館を国がホテルとして経営している「パウザーダ」がいま人気を集めているが、そのひとつマヌエル二世が建てた狩の館がブサコ国立公園の中にそのままの姿で聳えており、一夜そこに泊まることになった。ただ、塚本が筆にまかせてその陰陰滅滅ぶりを描写しているのだ。実はかなり迷信深い塚本は盛塩をし、呪文を唱え、印を切ったという。マヌエル王の愛人が毒殺されたとの噂があり、幽霊が夜毎さまようとも言われている。塚本によってさんざん貶められたブサコパレスが本当にそんなひどいところかどうか、この目で確かめたくて行ったのだが、その理由は簡単にわかった。もともと離宮なので、王族や貴族の滞在する部屋はごく一部で、あとは無数の家来の部屋なのである。今ほどパウザーダ人気のなかったころ、手入れも設備も不十分だったための悪印象になったのだろう。わが師は従者の部屋に泊まらされたのだ。

わたしは十分すぎるほどの幸福感を味わった。特に朝がすばらしい。ミルク色の霧が流れ、鳥の声がこだましている。夏の花と秋の花が咲き乱れる庭園をゆくと、歩く先から霧がひらかれて緑が露けく目にしみとおる。池には一羽だけ白鳥がいる。風切羽を除去されているのか飛べない様子、手をのばすと近づいてきて頭をすりよせる。時の止まった古城のホテルに幽閉されているのかと、普段の数十倍くらいロマンティックな思いにふける。

朝霧が白鳥に成り添ひてくる幽閉の黒き脚を見せて

大学の街コインブラ、紀元前からの港町ナザレ、イザベラ王妃にプレゼントされた街オビドスなど、どの都市もくっきりした特徴をもち、歴史背景が鮮明なので、印象がまぎれることがない。コインブラの図書館、ナザレの鰯の塩焼き、オビドスでこわごわ歩いた城壁の上。どれも思い出深い。シントラという別荘地には、ペナ宮がある。あらゆる様式をまぜこぜにしたおとぎ話のような城で、王朝の末期にフェルナンド二世によって作られた。彼はノイシュヴァンシュタイン城を作ったルードヴィヒ二世の従兄弟である。王朝末期には、現実を拒否して夢の城にとじこもる国王が出てくるのだろう。

その孫のカルロス一世は暗殺され、王妃アメリアは国外亡命した。アメリアの部屋は亡命の日のままにしてあり、厨房には最後の晩餐のメニューが黒板に書き残されている。きっと亡命をカムフラージュするために、メニューを命じて作らせたのだろう。その次男のマヌエル二世も続いて亡命したので、ポルトガルの長い王朝の歴史も幕を閉じるが、ペナ宮はいまも山頂に極彩色の滅びの姿を見せている。

夢のいびつが積みあげられて天空に笑止なモンスターが浮かべり

また、特にアルコバサ修道院も記しておきたい。今回の旅の目的のひとつ、「髑髏の花嫁」の悲劇の舞台である。大航海時代の始まる前、スペインの脅威にさらされていたアフォンソ四世は、ペドロ王子をカスティーリャの貴族の娘コンスタンサと政略結婚させたが、ペドロはなんとコンスタンサの侍女イネスに一目で恋をしてしまい、大変なスキャンダルを巻き起こすことになる。引き裂かれても愛を貫いたふたりは何人もの子を儲けたので、王位継承を不安に思った国王の側近によって、イネスは暗殺されてしまう。ペドロの復讐の念は強く、国外逃亡していた暗殺者を探し出し、生きたまま背中から心臓をえぐりとって殺したという。やがて即位すると埋葬されていたイネスの亡骸を掘り起こし、ドレスを着せ、冠をかぶらせ、婚礼の儀式を行う。居並ぶ百官はみなおそるおそるミイラになったイネスの手にくちづけしなければならなかったという。

その後、ペドロもイネスもアルコバサの修道院へ葬られた。いまもその棺が祭壇の前にある。ゴシック彫刻の傑作といわれるふたりの棺は、約十mの間隔をあけて、足の裏同士が向き合うように安置されている。いつの日か最後の審判がくだり、復活する時に、起き上がって最初に見るのがお互いの顔であることを願ってのことである。ヨーロッパでは劇にもなり有名なこの話にいたくひかれたわたしは、詳しく調べ、棺の間に立って一行の方々に解説した。

一行にもこの話は印象的であったようだ。

目をゑぐられ耳を蠟でふたがれて手探りでゆく森なのかここは

アルコバサの修道院自体は、最も戒律のきびしいシトー派の僧侶が九九九人も生活していたところなので、禅寺のような質素で凜とした空気がある。アルコア川の流れをひきこんだ上水道や一度に五頭の牛が丸焼きにできた厨房など見事に保存されている。「ここをくぐれないほど太った者は食事抜き」といういましめのための扉もある。一行はみな試すが、なんとかクリアできてよかった。

食事は素朴なものが多く、米もふんだんに使うので日本人にもなじみやすい。毎食のように出てくるのが野菜を煮込んだスープで、まあ具沢山の味噌汁のようなもの。これがポルトガルのおふくろの味かと思っていただいた。鴨の炊き込みご飯、鮟鱇の雑炊、干し鱈の卵とじなど、どれもシンプルな味付けでバサッと出てくる。デザートはほとんどメロン。収穫期なのだろう。ワインをかけるとさらに美味しくなる。しかし、リスボンに次ぐ都会ポルトへ行った時は少しちがっていて、スペインのタパスのように焼いた蛸や貝などの小皿がたくさん並び、酒好きにはうれしかった。特産のポートワインも杯が進んだ。ポルトはエンリケ王子の生誕の土地である。

エンリケが発見したのは「Novos Ares《新しい空気》」と記されてをり生家の前に

旅の終り

聖母マリアの奇跡の起こった聖地ファティマやユーラシア大陸最西端のロカ岬などをめぐり、旅の終りにはリスボンで、テージョ川クルーズをすることになった。いよいよ旅も大詰めである。船で川を行くと、まるで光の中を漂っているようである。発見のモニュメントの正面に来る。エンリケ航海王子の顔が見えた。世界へ出帆して行ったカラベル船を掲げて一歩前に踏み出している。目は遥か遠くの未知の国を見詰めている。彼の研究が結実し、人類史上はじめて地球という存在が把握されたのである。彼の脳裏には、確かに丸い地球がイメージされていたのだろう。そのイメージ通り、世界は結ばれた。日本ははじめて西洋と出会った。その結果、多くの人の血が流されることにもなった。

船が遠ざかってもエンリケの姿だけが突出して、光の中にいつまでも残りつづけている。それは不思議なほど、いつまでもいつまでも紛れることなく見えつづけていた。

逆光のなかエンリケが影だけになりゆ
くやがてはすべてが影に

ポルトガルの旅はこれで終わったが、帰りの空港でまたトラブルがあり、飛行機が遅れて日本に乗り継ぎができなくなってしまった。そういえば今日は九月十一日。空港はどこも厳戒態勢であった。仕方なくロンドンで一泊することになったが、それが縁で次の旅はイギリスへと決定した。ポルトガルとの間に結ばれた同盟国の条約は、六百年以上も続いており、世界史上の記録であるらしい。エリザベス一世とメアリ・スチュアートをテーマに次の旅が待っている。

ロンドンアイ

イギリス・ロンドン紀行2004年

〝明晰夢〟にかつて何度も見た都ロンドンが
いま靴の下にある

アンダーグランドに乗りピカデリーサーカ
スへ夢のつづきを歩む

アン・ブーリンの首が転がつたところロン
ドン塔の細かなる棘

ダイアナ妃葬儀の朝の秋の陽がウェストミ
ンスター寺院に積もる

ロンドンアイは観覧車のこと　遠くない世
紀にはこの眼も鎖《さ》すだらう

モナリザの死

フランス・パリ紀行2006年

緩慢に老いをかさねるモナリザの背後に橋
あり何か渡りをり

高脂血症の印ともいふモナリザの目頭に絵
の具五グラムの疣《いぼ》

モナリザには霊のよぎることがあるおそらくジョコンダ夫人の遺恨

この人もいつか死ぬときがくるのだらう山も谿も湖《うみ》も頽れたあと

ルーブルでランチにしよう網膜にいくにんもの死者貼りつけながら

星を狩る王の話を聴かせてよあなたの澄んだ二枚の舌で

シリウスは犬の牙または凍て空を見あげる人の抱く不発弾

鳥貝《とりがひ》は水死者の髪に付くといふ枯れた岬が海に採まれる

砂丘《すなをか》の背に流れよる貝殻にまじりて人の貝殻骨ある

夢に遭ふ亡き師は時にいきいきと蜜酒など召す額《ぬか》てからせて

師も輪ゴムを溜めておくやうな人だつたリモージュ製の青い小箱に

『逝ける王女のためのパヴァーヌ』聴いてゐるこの六分だけ死は甘き蜜

シェイクスピアの無名戯曲の終り一行
「――王死す。やがて満天の星。」

雨のローマに残してきたもの

イタリア紀行2007年

秋はミラノ《ミラノ》のすべてを濡らしつづけてゐる
青い菊花も朝の熟柿も

なんとふさはしい重い円いテーブルか死者
へ絵はがき書くべき朝に

昔の旅が亡霊となつて従いて来る師と旅を
したまだ〝リラ〟のころ

塚本邦雄は伽藍を見ない人だつた　ただ草
の実には歓声あげて

スカラ座の天井桟敷に降つてくる「トスカ」
末期の大音声が

人はなぜみんな忘れてゆくのだらう悲劇で
終る以外のことは

ヴェネツィア《ヴェネツィア》の運河の底は森をなす逢ひた
い人の木がしげる森

旅すると剝き出しになつてくるものを恐れ
つつ宥めつつ夜のヴェネツィア

すつと水の底まで見える箇所があるゴンド
ラが鏡のむかうへ入る

ヴェネツィアの運河に黄色い灯がうつる誰
かに泣きつきたくなる夢だ

遅い夜明けのどこかで鷗が啼いてゐる夢の
かかとをひきずるうちに

イタリア人《フィレンツェ》はみなその人を演じてゐる豚の
臓物たぐりながらも

トレヴィスに酢をかけて嚙むしばらくは命
またけむ時間のために

朱にちかい茶色の瀧だドゥオーモのいただ
きに立ち見おろす瓦

レオナルドが公開処刑をスケッチしたシニ
ョリア広場　石に躓く

躓いて足先が石に邂逅すレオナルドの立つ
この甃《いしだたみ》の

ミケランジェロが石からダビデを解き放つ
人が神になる像として

見あげればその正面にむりむりと睾丸誇り
て起ちたるダビデ

トスカーナ

黄葉《くわうえふ》の谷がひとつの村であり蜂蜜色の夢の
記を成す

田園と廃墟があり陽がふりそそぎ落穂を雉《きじ》
がついばんでゐる

レオナルドはここで生まれたオリーヴの銀
の葉裏の和《にこ》の光に

モナリザの背後の景が見えてくる空気遠近
法にかすむ秋山

アッシジ、ピサ

薔薇色のアッシジの丘から見渡せり稲妻に
いま照るウンブリア

没落のピサを救ひつづける塔　今宵は下弦
の月したがへて

行く手にはいつも蛇が横たはるアッピア街
道もアウトストラーダ《高速道路》も

轢くか跨ぐか引き返すかだが、蛇はまた道
行くものの前を横たふ

ローマ

午後四時の法王の窓に灯が入るおそらく昼
寝からお目覚めなのだ

バチカンに虹が架かつたこの国でアルコバ
レーノと呼ばれる橋が

神に充ちて神に充ちて苦しいのはもとめる
人の吐く息の所為《せい》

雨のローマに残してきたもの僧服で舗道ゆ
くわれに似た人の影

露の国

バルト三国・ロシア紀行2008年

リトアニア

ヴィリニュスは漣の都市、カウナスは戦ひ
の都市、名の負ふ重さ

カウナス市杉原千畝記念館

むなしさの野にくづほれただらう彼は最後
のビザを発給したあと

観光馬車の馬の鞦《しりがひ》陽のさしてしばし美貌の
はつなつとなる

ラトヴィア

端正に繁る菩提樹その蔭はふるき東洋の寺
の香が占む

深い森で寝てみたくなる夜更けにはしんしんと降らむわれの呼ぶ声

エストニア

美しい椅子にこぼした塩つぶのまとふ光よタリンの白夜

バラステの瀧を見たあと一条の水が体内を落ちつづけてゐる

バルト海に向きてランチをほほばりぬ神秘をはさみこんだ黒麺麭

ロシアに入ると景色が一変する

バラックがそのままスラムをなしてゐる白樺の森の中の村むら

フィトンチットに満ちたる森はスラムなす人びとの目に暗く宿りぬ

茴香の花が異星人のやうに立つ通行を阻む穴だらけの国道

一時間を道路の穴と格闘しバスは進みぬ地軸もずれよ

無気力の森のスラムをすぎるころ巨大宮殿都市に近づく

サンクトペテルブルク

いくたびも名を替へし都市そのたびに人の祈りを降り積らせて

和食「山葵」のネオンの前に屯するタトゥ
らよ次はなにを見るのか

この国へは九年ぶりの訪れ

ギリシャ語で命をしめすゾーヤといふ名の
ガイドあり世紀末のロシア

ネヴァ河への運河を渡りつつ語る六十万人
餓死せし話

それは「封鎖」と呼ばれた虐殺　生きたま
ま街を葬らうとしたナチス

寒かつた世紀の終る六月の運河　ゾーヤに
この度は遇はず

今回のガイドは若いヴィクトリア

英国風の名を持つガイド生命にあふれて
「封鎖」のことには触れず

エルミタージュ美術館

隠れ家といふ名の館　絵の中の人らの噂ば
なしに満ちて

聖家族図のヨハネはイエスのふたいとこや
や沈鬱の眼をもつ児なり

マキャベリストのプーチンはサンクトペテルブルク出身

人はだんだん内臓臭くなつてくるどんなに
鋭い枝であつても

中大兄《なかのおほえ》はプーチンの眼をしてゐたといつし
か重なる猟犬の顔

甥を死に追ひやりしあと手水して鸕野讃良《うののさらら》
のさららかの袖

ペトロパブロフスク聖堂

ロマノフ朝最後のひとり骨壺が観光客の眼
にとりまかれてゐる

華麗なる装飾の壺にねむる骨　かつてダイ
ヤを巻いてゐた身の

エカテリーナ宮殿

琥珀は人魚の涙だといふどれほどのかなし
みがこの宮殿をつくる

考へがしだいに四つ足になつてゆく　露の
国いま白夜が明ける

忘れてきたことさへ思ひだせぬほどの忘れ
物して故国の空へ

パクス・ミノイカ

クレタ島紀行２００９年

かつてエーゲ海にはヨーロッパ最古といはれるミノア文明が栄えてゐた。その優美な文明の平和統治をパクス・ミノイカと呼ぶ。

わたつみの深い茄子紺その紺のしたにもみ
やこが輝いてゐる

かつてイルカは神であり次に食糧でまた神
になるヒト側の時間

クノッソスに巣づくる鳥が石の宮を去年の
夏のやうに見てゐる

何年経てもまた一周忌がやつてくる廃都市
うごかない太陽のもと

蟬驟雨蟬豪雨いまびしよぬれとなりて最古
の甃《いしだたみ》を歩む

「パリジェンヌ」といふ壁画の美女は雨女の
やうな風情で雨は降らせず

兵士たちは平和の弓をひいてゐたオリーヴ
搾る手ごたへほどに

酒甕と蜜甕と油甕がならぶいまでは影をど
ろりと溜めて

るりいろの犢鼻褌《たふさぎ》に髪なびかせて「百合の
王子」の野放図の笑み

「百合の王子」は白い歯を見せ言ふだらう
——アカルサハホロビノ姿デアラウカ
（太宰治『右大臣実朝』）

迷宮はあなたの脳のなかにある——人モ家
モ暗イウチハマダ滅亡セヌ（太宰治『右大臣実朝』）

パクス・ミノイカ崩れはじめる朝がくる晴
れすぎて黒い空から飛礫

カンテ・ヒターノ

スペイン紀行２０１１年

スペインの松は黒松巨大なる松毬提げて岩肌に立つ

塚本邦雄の目を借りて見るジャカランダ救済のごと紫に透く

プラド美術館

裸のマハの金の柔毛のひかるとき画家だって着衣しては居るまい

殺すより殺されるものが高揚し叫んで立てり叫びは消えぬ

人はいいけど愚鈍でケチで酒飲みで——の顔をした王を描きしゴヤ

自治会の仕切り屋のさがなものの婆——の顔をした妃を描きしゴヤ

サグラダ・ファミリア大聖堂

天井は白罌粟、柱は樹木、階段は貝　ガウディは自然の象に習ふ

ピカソの遺産数千億とぞガウディは市電に轢かれ三日後死にき

野にねむる怖れと土の昂ぶりがカンテ《歌》となりぬバイレ《舞》となりぬ

虐殺された民の数だけ向日葵の顔顔顔が地平へつづく

夏の老婆

スイスアルプス紀行２０１４年

ジュネーブは晩年の街レマン湖のふかく切れこむ水を見ながら

誰もゐない誰も遇はない夏まひる湖岸までつづく葡萄畠に

静かすぎると声は空気に吸はれゆく千年おなじ葡萄畠の光

国境のながいトンネルをぬけるとイタリア
　昼の底が黄色くなつた

ひまはりの一つ目がみな凝視するおろおろと行く夏の老婆を

ユングフラウ山頂は残酷なほど白く高山病にうづくまる眼に

国境のながいトンネルをぬけるとフランス
　街の流れが花になつた

窓からも氷河が見える氷河とはすべて終りへ向かふものの喩

地球は凍えゆくものと聞かされてゐた今日シャモニーを襲ふゲリラ豪雨

土砂にまみれ汚れて消えてゆく明日へ少しずつすべりつづける氷河

歌論・エッセイ

びよびよとねうねう
――最初に詠まれた犬と猫

最初に詠まれた犬の歌は、おそらく『万葉集』にある長歌と旋頭歌であろう。

赤駒を　馬屋に立て　黒駒を　馬屋に立てて
そを飼ひ　我が行くがごと　思ひ妻　心に乗りて　高山の　嶺のたをりに　射目《いめ》立てて
鹿猪《しし》待つがごと　床敷きて　我が待つ君を
犬な吠えそね　　　　　巻十三　三二七八
葦垣の末かき分けて君越ゆと人にな告げそ事
はたな知れ　　　　　巻十三　三二七九

長歌の前半は、赤い馬や黒い馬を飼って、それに私が乗るように、思う女性がもうすでに心に乗っているという男の心、後半は、狩のときに息を殺して獲物を待つように、床を敷いて待つ君が来たなら、決して犬よ吠えないでおくれ、という女の心とのかけ合いだと解釈できる。

短歌は、垣根を越えてやってくる愛しい君のこと、他人にはいわないでおくれ、事情をよくわかってよ、と犬に呼びかけているのであろう。

この歌から、番犬として役目を立派にはたしている犬の姿が見える。また、人目を忍ぶ恋だという事情をわかってくれるほど、頭がよい動物だという認識もあるようだ。好物の餌でもやり、頭をなでながら、犬にたのんでいる恋する女性のいじらしさがかわいらしい。

垣越しに犬呼び越して鳥猟《とがり》する君　青山の茂き山辺に馬休め君　　　　　巻七　一二八九

旋頭歌のほうは、柿本朝臣人麻呂歌集のなかの一首である。これは猟犬。鷹狩にたつ君が、垣根越しに犬を呼んでさっそうと馬で出かけて行く。その馬も疲れるだろうから木陰で休ませてやってくださいね、あなたもそこで休息を、という女心だろうか。

おかしな想像だが、カウボーイがピイーッと口笛を吹くと犬が垣根を越えて一目散に飛んでくる昔のハリウッド映画を見るような気にさせる。馬を駆り、肩には鷹をとまらせて、勇敢な犬を従える。万葉人とはこんなにカッコいいものだったのか。

人麻呂歌集については、すべてが人麻呂の作だとは言えないが、この歌はどうなのだろう。女性になりかわって歌ったものだろうか。私には判断ができないが、人麻呂が犬になじみがなかったわけではない。

「かぎろひ」の歌で知られる安騎野の狩の折、十歳の軽皇子に扈従して野営を張り、馬で野を駆けたとき、多くの猟犬も集められていた筈だ。犬と人麻呂は相性がいい。猿丸大夫ではだめだけれど……。

『万葉集』にはほかにもいくつか、万葉仮名の字として犬が登場する。実際の犬ではないが、それだけ浸透していたという証拠になる。

歌以外では、『日本書紀』神代に、「狗人《いぬひと》」とあるのが最古の記録だろう。犬のように吠えて邪悪な霊を追い払うガードマンのこと。結局は人なのだが、犬がどれほど昔から、吠え声で人を守っていたかがわかる。

『古事記』には、雄略天皇の怒りを買った大県主《おおあがたぬし》が、白い犬に布をかけて鈴をつけ献上したところ、許されたと記されている。最近よく見る服を着た愛玩犬のようである。

その後は、外国からの献上物として犬が登場する。『日本書紀』天武天皇八年十月の記事には、新羅から、「馬狗騾駝之類十餘種」が贈られたとある。ラクダと同類ということは、日本にはいない珍しい犬だったのか。飛鳥の庭園には、各国の動物が飼われていたらしいから、毛足の長い大型犬などが渡来しなかったとも限らない。想像すると楽しい。

番犬、猟犬のほかに、食用犬というのもいた。仏教のひろまりとともに廃れたというが、大量の木簡が掘りだされた長屋王の邸宅では、飼い犬に白米をあたえていたので、これは犬を太らせて食用にするためではないか、ともいわれた。真夏に氷をとりよせオンザロックを飲んだという、長屋王ならではの贅をつくした道楽だったのかもしれない。

すさまじきもの。昼ほゆる犬。……

『枕草子』

なぜ王朝和歌に犬が詠まれることが少ないかは、清少納言が端的に示している。風流風雅とは正反対の「すさまじ」の第一番にあげられている犬は、あまりにも身近にいて吠えてばかり、和歌の美とは相容れなかったにちがいない。

山里は人のかよへる跡もなし宿守るいぬの声ばかりして
藤原定家
さとびたるいぬの声にてしられけり竹よりおくの人の家居は

一首目の歌は、藤原良経が主催した『十題百首』の獣十首から。定家は、馬・牛・猪・兎・狐・猿・熊・羊・虎と工夫しているが、なかでも犬の歌はいい。「跡もなし」あたりは、得意の否定による存在の表現である。また、背後に源氏物語の記述を置くと、さらに歌空間が広くなる。

里びたる声したる犬どもの出で来てののしるも、いと恐ろしく……
夜はいたく更けゆくに、このもの咎めする犬の声絶えず……

「浮舟」

薫と匂宮の板ばさみで苦悩する浮舟を、責めたてるように吠える犬。浮舟を渡すまいと、薫が配備した警護の兵も犬を連れていただろう。そこへ決死の覚悟で近づこうとする匂宮。緊迫した一夜のシーンである。

新古今時代の歌の背後には『源氏物語』があり、犬という題が出れば、自然とこういった場面が、歌人たちの脳裏に浮かんだであろう。
　二首目の歌も百首歌のなかのものだが、題詠ではない。やや写実的な感覚が、のちの京極派に好まれ『玉葉集』に撰入された。生活圏から取材し、自然のもつ風合いを、動きのある描写でとらえようとした京極派には、犬の歌も多い。

さ夜ふけて宿守る犬の声たかし村しづかなる月の遠《をち》かた　伏見院

音もなく夜は更けすぎて遠近《をちこち》の里の犬こそ声あはすなれ　京極為子

跡もなきしづが家居の竹の垣犬の声のみ奥深くして　花園院

どれも犬の声を風景のひとつとしてとらえ、聴覚で空間を把握するような奥行きが感じられる。
　対して近代以降の犬の歌は、どこかに自己投影がある。それも、疲れたうらぶれた姿が多いように思われる。

公園のくらがりを出でし白き犬土にするばかり低く歩きぬ　佐藤佐太郎

曇りより明り来れる水の面を覗きてわれは犬のごときか　宮　柊二

＊

　さて一方、最初に詠まれた猫の歌は何だろうか。『万葉集』にも『古今集』にも猫は登場しない。縄文的な犬に対して、猫は弥生的である。米倉を狙う鼠退治のためにも古くから飼われていたのに、記紀にも記述がない。
　歌以外では、平安初期の『日本霊異記《にほんりょういき》』に始めて現れる。死んだ父が、猫に転生して供物をたらふく食う話である。

我、正月一日に狸《ねこ》に成りて汝が家に入りし時、供養せし宍、種の物に飽く。

実際の猫としては、『宇多天皇御記《うだてんのうぎょき》』寛平元（八八九）年二月六日の記事が注目される。父・光孝天皇に献上された舶来の黒猫を譲りうけ、細かく観察して記録している。

うずくまると粒のように小さく、伸びると弓のように長くなり、まるで漆黒の龍、鼠を獲る能力も抜群。在来の浅黒い猫とは大違いで、言葉も理解するほど頭がよいという。

その毛色、類はず愛しき云々。皆、浅黒色なるに、此れ独り黒く墨の如し。其の形容を為すは、ああ、韓盧に似たり。長さ尺有五寸、高さ六寸ばかり。其の屈するは秬粒の如くして、其の伸びるは長き弓を張るが如し。眼睛晶熒、針芒の乱の如し。眩鋒の直竪の起き上がるが如く揺れず。其の伏臥する時、団円して足尾見えず。宛も堀中の玄璧の如し。其の行歩する時、寂寞にして音声聞こえず。恰も雲上の黒龍の如し。性、道行を好み、五禽に暗合す。常に頭を低くし、尾を地に著く。しかるに背脊を聳せば高さ二尺ばかりなり。毛色、悦澤蓋、是に由るや。亦、能く夜鼠を捕らへること、他猫に勝る……。

猫好きなら一条天皇も負けていない。長保元（九九九）年九月十九日、宮中で生まれた仔猫に「命婦のおもと」と名づけ、専用の女官をつけ、五位の位までさずけた。

赤い首輪に白い札をつけ愛玩されるその猫に、「おもと丸」という犬が食いつこうとしたから大変。勅勘をこうむった犬はなぐられて、淀川の犬島へ流されたという。

変わり果てた姿で帰ってきた犬が、清少納言に名をよばれてぼろぼろ涙を流す話は、『枕草子』の名場面である。

上にさぶらふ御猫は、かうぶり得て命婦のおとどとて、いみじうをかしければ、かしづかせたまふが、端に出でて臥したるに、乳母の馬の命婦、「あな、まさなや。入りたまへ」と呼ぶに、日のさし入りたるに、ねぶりてゐたるを、おどすとて、「翁丸、いづら。命婦のおとど食へ」と言ふに、まことかとて、しれものは走りかかりたれば、おびえまどひて、御簾の内に入りぬ……。

ふたりの天皇が愛玩した猫は、どちらも輸入された唐猫《からねこ》である。たちまち宮廷では唐猫ブームがまきおこった。高価な猫は上流社会で価値ある贈り物となり、ついに猫の歌が生まれた。

敷島の大和にはあらぬ唐猫の君がためにぞも
とめ出でたる　　花山院

『夫木和歌抄』の後註によれば、三条の太皇太后より、ブームの唐猫がほしいといわれ、人のものを取り上げて献上したとある。天才と狂気を行き来したといわれる花山院こそが、最初に猫を詠んだ人であったのである。

よそにだによどこも知らぬ野良猫の鳴く音は
たれに契りおきけん　　寂連法師

まくず原したはひありく野良猫のなつけがた
きは妹が心か　　源　仲正

俳句に恋猫という季語があるように、猫を詠むと、やはり恋の連想がはたらくようだ。「野良猫」の使用例は寂連が初。源仲正は、鵺《ぬえ》退治で有名な源三位頼政の父である。

藤原定家は、もともと猫嫌いだったのが、妻が飼いはじめてから好きになり、犬にかみ殺されたときはひどく悲しんだと、『明月記』にある。残念ながら歌は詠まれていない。

飼猫をユダと名づけてその昧《くら》き平和の性をす
こし愛すも　　塚本邦雄

飼猫にヒトラーと名づけ愛しゐるユダヤ少年
もあらむ地の果て　　春日井建

くしくも美意識の歌人ふたりに猫の命名の歌がある。ユダとヒトラーとはなんと象徴的なこと。人間に愛されながら憎まれる、猫の一筋縄ではいかない性質からであろうか。

*

かつて犬は「びよびよ」と鳴いていた。狂言『柿山伏』に、鳴き真似をする場面がある。

山伏「はあ、又こりや、犬ぢやと言ふ。」柿主「犬なら、鳴かうぞよ。」山伏「はあ、又こりや、鳴かざなるまひ。びよ。」

乾いた感じの「わんわん」と違い、濡れた泣き声のように聞こえる。

いといたく眺めて、端近く寄り臥したまへるに、来て、「ねう、ねう」と、いとらうたげに鳴けば、かき撫でて、「うたても、すすむかな」と、ほほ笑まる……。　「若菜下」

「ねうねう」は猫の鳴き声。『源氏物語』若菜の巻、柏木と女三宮の密通にからんで登場する。「寝よう」と誘いかけるような、なんとも甘えた艶なる擬音表現である。

（「歌壇」二〇〇六年一月号）

『源氏物語』の機知

――女たちの武器

『源氏物語』千年紀を迎えた二〇〇八年、わたしのところにも多くの講演やイベントやツアーの依頼が舞い込み、このままでは忙しかった、というだけで終る、なにか形になるものを残さなければ、と考えて「本邦初・源氏ものがたり落語」を書いて、上方落語の重鎮・林家染丸師匠に口演していただいたという経緯がある。染丸師匠の品のよい語り口が源氏の世界と合ったのだろう、おかげさまで再演を重ね、のべ何千人という方に聴いていただいた。その「源氏ものがたり落語」の原案としてまっさきに浮かんだのが、末摘花《すえつむはな》の巻である。

ご存知の方も多いと思うが、末摘花の巻は、『源氏物語』五十四帖きっての滑稽譚で、オチの次にまたオチがあるという落語に似た話でもある。夕顔を失くした光源氏が、かわりの女性をもとめているところへ常陸宮の姫が父と死別して以来、ひとりひっそり暮らしている、相当な琴の名手らしいという話を聞いて、興味をもつのが発端。手引きされ、暗闇で逢瀬をするが、どうもなにかが不自然で腑に落ちない。

ある朝、明るいところでつぶさに人となりを確かめようと、雪明りの端近へ呼び寄せてみると、それがウルトラ級の不美人、ズバ抜けたシコメ。顔は馬面で、肌は青白く、すこしおでこが後退して、おまけに座高が驚くほど高い。極めつけは鼻がにゅうっと下へ伸びているほど長い。その先がぽっちりと赤く色づいているから紅花、すなわち末摘花。源氏はまるで普賢菩薩《ふげんぼさつ》の乗る象《ぞう》のようだとあきれて見ているうちに目が離せなくなる。並みのシコメならもう嫌だとサヨナラしただろうが、これほどになるとなにか言い知れぬ感情がうごいたようだ。自分が見捨てたら一生ほかの男との縁はないだろう、ならば大事にしてやらなければ。こんな顔でもけなげに生きている姫、ひたすら自分を信じてくれる一途さ、なにかいじらしくなってきたのか、結局、源氏はこの姫をずっと大切に庇護することになる。

それまでの物語では敵役と相場が決まっていた不美人が、すこし度外れた不具合ゆえに、かえって美男に大切にされるという斬新な話は、当時の読者の度肝をぬいたにちがいない。と同時に、作者も読者もこの末摘花をサディスティックな笑いで馬鹿にして楽しむ対象として共有する。それというのも、末摘花が馬鹿にされるのは、顔の醜さよりも、当時の貴族社会で致命的であった《センスのなさ》なのである。

実はこの末摘花、父親の常陸宮に七歳で死に別れ、そのときのショックで多少頭脳の発達がおくれてしまったような形跡がある。生前におしえられたしきたりをかたくなに守り、手ほどきをうけた範囲の歌しか詠むことができない。だからどんな場合でも「からころも」にかけた歌しか出てこないのである。

唐衣君が心のつらければ袂はかくぞそぼちつつのみ

暮れになり、いつも経済的に庇護してくださる光源氏様にお礼をしようと、新年の晴着用の反物を贈る末摘花。しかしそこへ添えたのが、「あなたが不実でわたしは泣いています」という意味の歌だから、まったくふさわしくない。源氏は、いままで交わした歌は、ひとりだけ機転のきく使用人・侍従の君が、代作していたことも見抜いている。これは姫の自作だろうと、気の毒やらアホらしいやら、なんともいえぬ気持になって、なかなか歌を返せず、翌日にやっと返事する。

逢はぬ夜をへだつるなかの衣手に重ねていとど見もし見よとや

「逢わない夜が多いのに袂が濡れるというのは、もっとわたしを見る夜を重ねてくださいということですか」と、すこし責めるようなニュアンスをふくんだ歌を贈ると、末摘花の屋敷では、乳母など古びたお付きの女たちが、「姫様の歌は理屈が通っていて、わかりやすいからよい、それに対して源氏様のお歌は言葉の面白みばかりで実がない」などと批評する。こんな古ぼけた批評者にかこまれていては、歌がうまくなるはずがない。歌をきちんと読んでくれる人に読んでもらわなければ、上達しないということを、千年前に紫式部は指摘しているのだ。この指摘は、現代短歌にも見事にあてはまる。

その後、末摘花は紆余曲折をへて、光源氏の二条東院という屋敷にかこわれて経済的には申し分のない生活をおくることになるが、たびたび物語に顔を出しては、馬鹿にされ笑われつづける。

着てみれば恨みられけり唐衣返しやりてむ袖を濡らして
わが身こそ恨みられけれ唐衣君が袂に馴れずと思へば

一首目は、源氏から贈られた新年の晴着のお礼だから、またふさわしくない。二首目にいたっては、源氏がひきとった玉鬘の成人の祝いだから、こんな場違いな歌はない。どちらも「からころも」にかけた男の不実を恨むという歌で、見事なまでにワンパターン。よくこんな同じような歌ばかり詠めるものだ。ただこの場合は、歌の下手さで笑われるというより、その場にふさわしいかどうかが判断できない、空気の読めないセンスの悪さが失笑の対象となっているのである。贈り物、添える手紙、貴族社会ではその時々のセンスが何より問われる。朝顔におりた露を落とさずに持っていかせるセンス、そしてそこにはふさわしい歌が添えられている、という例があるとそのことが喧伝され、語り継がれ、有職故実となってゆく。

現代の価値観でそれをウザイだの、ヒマ人だの言ってみても始まらない。時代の価値観がそういうものであり、そのセンスを共有するものたちによって和歌の世界が展開されていたのである。
光源氏はもう耐えられない、すこしは懲りなさい、と歌を返す。

唐衣また唐衣唐衣かへすがへすも唐衣なる

あからさまに馬鹿にした返歌だが、はたして末摘花とまわりの古ぼけた批評者には、その皮肉が通じたかどうか、さだかではない。
これを「『源氏物語』の機知」というべきだろうか。すこし違うような気がする。この源氏の歌はあまりにもあからさまに末摘花を揶揄しており、いささかセンスが悪い。むしろこの一連のストーリーにはたらく機知は、古風すぎる姫が容貌にも才覚にもめぐまれず、場違いなセンスのなさを凝りもせずくりかえすことの滑稽さを、失笑、苦笑、ときには爆笑してよろこぶ作者・紫式部と読者・宮廷女房たちが共有するユーモア、これが機知としてはたらいているのではないだろうか。

『源氏物語』には、ほかにも笑われるために登場する脇役たちが、ストーリーに彩をそえている。たとえば、血筋よし、器量もよし、琵琶の名手で、長年宮廷で重きをなしている源典侍《げんのないしのすけ》という女官がでてくる。立派なキャリアウーマンなのだが、これが並外れた好色なおばあさんで、すっかり年をとっているのに、いつも若作りで派手な扇をもち、こってり化粧して、男漁りに余念がない。十九歳の光源氏は、なぜこんな老いても好色なのか、と変な好奇心で、ふたりきりになったときに裾をチョイチョイとひっぱってみる。常識ある老女なら「年寄りをからかうのはおよしなさいませ」とたしなめるところだろうが、源典侍は自分と源氏が不釣合いだとは思わないらしく、扇で口元を隠して流し目をおくってくる。その目元は皺ぶかく落ちくぼんで黒ずんでいるというのに。

君し来ば手なれの駒に刈り飼はむ盛り過ぎたる下葉なりとも

なんとあけすけな歌だろうか。源氏にむかって「あなたがその気なら草を食べさせてあげますよ、少々盛りはすぎていますが」というのである。源氏はあわてて、しかし相手を傷つけないように返す。

笹分けば人やとがめむいつとなく駒なつくめる森の木隠れ

「うっかりあなたと関わったら大勢の彼氏に怒られますからね」と言って立ち去ろうとする。いままで男にふられたことはない、とおいすがる源典侍、にげる源氏。それでも結局、後日このふたりはむすばれてしまうのだから恐れ入る。源氏のライバル・頭中将はそれを見て、「色好みというのはそこまで極めなければならないのか」と発奮して、自分も源典侍とむすばれるのだが、それが鉢合わせして、ドタバタコメディになり、というかなりきわどい滑稽譚として展開する。

しかし、これも源典侍というキャラクターを笑う構図にはなっていても、歌のやりとり自体に機知が働いているわけではない。それは九州のヤクザ者のような男・大夫監《だいぶのげん》の場合も同じようである。

君にもし心違はば松浦《まつら》なる鏡の神をかけて誓はむ

夕顔の遺児・玉鬘《たまかずら》は母の行方がわからなくなり、乳母一家に連れられて九州の太宰府ですごすことになる。成長した玉鬘には降るほどの縁談があるが、なかでも大夫監は実力行使でのりこんできてプロポーズする。

こういうときは歌を詠むものだと聞いていた大夫監は、指を折りつつ苦吟して詠んだのがこの歌。「玉鬘様への忠誠を土地の神に誓います」という意味で、田舎のヤクザ者にしてはまともな歌だが、本人もそう思ったようで、調子に乗ってもう一首詠もうとするが、今度はいくら考えても歌が出てこず、しっぽをまいて帰るというオチがつく。

この場合も、登場人物は誰も笑ってはいない。大夫監になんとか帰ってもらおうとする乳母の一家は冷や汗かいているし、大夫監も笑わせようなどとこれっぽっちも思っていない。ただ、作者・紫式部は小気味よいほどこの男を滑稽にえがき、読者・宮廷女房たちは思う存分笑って、ストレス解消したことだろう。

このあと、頭中将が若いころにもうけた隠し子・近江の君をひきとる話にもつながるのだが、この娘もまた馬鹿にされるために登場するキャラクターである。顔がかわいくないことはないのだが、おでこがせますぎるのと、あまりに早口なことが品位を地に落としている。おまけに大のバクチ好きで、昼間からサイコロ振ってバクチに興じている。父の頭中将が、もう少し品良くしろと注意しても、早口にしゃべりちらすだけ。腹違いの姉である帝のお后様のもとへでも行き、自然に品位を身につけろ、と言うと、その気になって手紙を書く。

草若み常陸の浦のいかが崎いかであひ見む田
子の浦波

意味がわかるだろうか。常陸から近江のいかが崎に飛び、最後は駿河の田子の浦である。これをくどくどしい文章とともに下手な字で書き、書いているうちに行はたおれ、おまけに便所掃除の女の子に持っていかせる。紙選び、香の焚きしめ方、筆跡、歌、たたみ方、結び方、誰にもって行かせるか、手紙を送るにはすべてのセンスが問われた時代、こんな無教養、悪趣味を露呈させた最悪の例はない。うけとった姉后は、意味がわからない、と女房たちにまかせると、みなは大笑いして返歌を作って送り返す。

常陸なる駿河の海の須磨の浦に波立ち出でよ
筥崎《はこざき》の松

もうハチャメチャである。しかし近江の君に冗談は通じない。最後の「松」だけ見て、「お姉さまは待つと言っておられる」とさっそくおしろいや紅をコテコテつけて会う準備をする。ここにも機知はかけらもなく、ただ作者と読者の心ゆくまでの笑いがあるだけである。

このように、『源氏物語』には笑いが数多くちりばめられている。そしてその傾向はすこしサディスティックで、笑われる対象よりも笑う自分たちが優位性を保てるという、京都風のイケズな感覚がある。血筋はよいが、センスがなくて空気の読めない末摘花、キャリアはあるが節操のない源典侍、無教養で悪趣味の田舎者が背伸びをして恥をかく大夫監や近江の君。これらを笑えるのは、つねに風雅のセンスを競いあっている紫式部ら宮廷女房たちだからこそ、なのである。これは機知の文学といわれる「枕草子」と同じ要素を分かち持つということでもある。彼女らは機知をはたらかせることにより、貴族社会で男たちとわたりあい、ときにやりこめ、撃退し、ときにお互いの美意識をたたえあう。だからこそ、末摘花たちを思う存分笑えたのだろう。

では『源氏物語』には機知をはたらかせた歌はないのか、というとそうではない。光源氏の顔をはじめて見た夕顔が詠んだ歌がある。

光ありと見し夕顔のうは露はたそかれ時のそら目なりけり

源氏は素性を隠して夕顔と密会していたので、顔に覆面をしたまままちぎりを交わしていた。夕顔をなにがしの院という怪しげな屋敷に連れ出したとき、はじめて「どうだ男前だろう」(「露の光いかに」)、とばかりに見せたのだが、夕顔はちらりと見て「期待していたほどではないですね」と肩透かしをくわしてみせる。それが源氏にとっては「おっ憎いことを言うな」と、ますます可愛らしく思わせる要素となる。この呼吸を心得た夕顔はただものではない。おっとりしているようで男ごころをつかむのに長けた機知をはたらかせる女性なのである。

またもうひとり、偶然に深夜の宮中で逢ってすぐにちぎりを交わした相手・朧月夜にも機知がある。朝わかれぎわに、「名前を教えてください」と頼むと、朧月夜は歌でこう返してくる。

憂き身世にやがて消えなば尋ねても草の原をば問はじとや思ふ

「つらいこの身の命が消えてもあなたはお墓までは訪ねてくださらないでしょう」、つまり、添い遂げられないのがわかっているから名前は教えられません、という意味になる。実際、このとき朧月夜は皇太子妃になることが決定していたのだから、源氏と関係をつづけるわけにはいかない。だからといって拒否するだけでは一夜のちぎりの印象が悪くなる。名前は教えられないが、含みをもたせて相手の心に深く記憶をやきつける。これも見事な機知である。

『源氏物語』の機知は、女性が男性の心をひきよせる、あるいはうまくかわす、いなす、しかし決してあからさまな拒否でもなく、また、求めるのでもなく、相手の男に大した女性だと感心させつつ、人間としての自立性を保つ、という場合の最大の武器として機能することが一番の特徴といえるのではないだろうか。このときには、機知を互いに敏感に理解しあう感性と、おなじ知識を有する教養、これが何より大切なことはいうまでもない。

（「短歌人」二〇一一年一一月号）

歌人の古典アレルギー

日本の古典文学は、おおむね和歌を中心に長い歴史を経てきたものであり、現代短歌が、和歌とおなじフォルムをもつ限り、ひと口に他ジャンルとは言えない立場になる。しかし、だからといって、他の現代文学や音楽、美術などのジャンルより、近しい関係にあるかというと、そうではない。むしろ、古典文学と現代短歌は、表現の上でも、精神の面でも、かなり遠いというのが現状だろう。

明治の和歌革新運動によって、王朝風の和歌はほぼ完全に否定され、その流れにある近代以後の短歌も、またしかりだろう。しかし、文語定型というスタイルを保持する以上、語彙も韻律も、勅撰集におさめられた王朝和歌と、共通する要素を多く持っているのは当然である。それなのになぜ、こんなにその世界とはかけはなれているのだろうか。

それは、短歌を学ぶときに、原典である和歌集ではなく、近い時代の歌人の作品を手本とするために、時間とともにへだたりが大きくなっていったためであろう。その間に、文語の規範は崩れ、短歌語が流通するようになった。さらに、口語を用い、自由なリズムを駆使するということになると、現代短歌と古典の世界とは、直接つながりをもたない分野となってしまう。

だから、現代人にとって古典文学は、まったくかえりみることのない死んだ世界かというと、またそれもちがう。『源氏物語』のブームはいまだ衰えることはないし、テレビで源平時代がとりあげられれば、『平家物語』も注目があつまる。これらの講演会やセミナーを催すと、すぐに何百人もの聴衆があつまるし、若い人の姿も多くみられる。

むしろ、古典文学への熱情、それが創られた時代への興味というのは、かえって増加しているように思うのが、実感である。ところが、そういう世界から入って、短歌へ興味をもったという人は、あまり多くない。「雅びなるもの」などという先入観をもって現代短歌をのぞいたら、それはとんでもない誤解だった、と気づいて出てゆくだろう。ただ、そういう人のつくる短歌というものは、雰囲気先行の自己陶酔型であることが多いので、あまり居すわられても収穫はないだろうから、それでいいのだけれども。『源氏物語』にかぎって言えば、これをことさらに嫌う人も少なくない。好き嫌いのことであれば、個人の勝手なのでかまわないのだが、気になるのは、嫌いだという人の態度、口ぶりに妙な共通点があることである。それは、光源氏を嫌うついでに、自分は素朴な庶民派、無骨な人間ですから、という自己宣伝をくっつけているような印象をうけること。これが、わたしには、たまらなく嫌らしく感じられて大嫌いなのである。

たしかに『源氏物語』は、貴族文学であり、庶民の生活は出てこない。しかしこの小説は、類型的でない複雑な登場人物の心理を、時間の経過とともに変化するさままで描ききった、あまりにも深い人間洞察の物語である。貴族だ庶民だと、一面的なものさしで測っているのは、馬鹿馬鹿しい。

庶民派でも、無骨でもよいが、それを古典に無知であることの言い訳にするのはおかしい。古典は高齢者の手遊びや一部の愛好者のものではない。物語や和歌集などの豊饒なる日本語の世界を前にして、同じ日本語で詩歌をつくり続けるものが、その文化遺産を無視していてよいはずがないではないか。

おおはるかなる沖には雪のふるものを胡椒こぼれしあかときの皿　『感幻楽』塚本邦雄

馬を洗はば馬のたましひ冱ゆるまで人戀はば人あやむるこころ

行きて負ふかなしみぞここ鳥髪に雪降るさらば明日も降りなむ　『みずかありなむ』山中智恵子

三輪山の背後より不可思議の月立てりはじめに月と呼びしひとはや

これら、戦後短歌の最高峰だといえる作品には、古典を血肉化し、古典と並び立とうとした歌人たちの営為があった。彼らは天才だからと、わりきっていてよいものか。

古典と現代短歌との関わりとは、言葉だけの問題ではない。抽象的な言い方になるが、大切なのは、「いまここにあるものがすべてではない」、「目に見えるものだけで充足できない」、という精神ではないだろうか。現代の歌人たちは、あまりにも身近な、「いまここ」に拘泥しすぎている。

他のジャンルから見れば、もっとも時空をやすやすと越える術を心得ていそうな歌人という人種が、古典を嫌い、古典に無知であるなどというのは、信じられない現象であろう。「歌人の古典アレルギー」など、「あってはならないものを意味する新しいことわざ」だと思いたい。

（「歌壇」二〇〇五年五月号）

古典がわかる名著

『中世の文学伝統』風巻景次郎　岩波文庫

昭和十四年に書かれた伝説的な名著である。形骸化した旧派和歌をたたき壊した正岡子規の影響のもと、『万葉集』を偏重し、勅撰和歌集の世界を軽んじる時代の流れの中で、『古今集』『新古今集』の正しい評価の確立をめざした異色の研究家・風巻景次郎。当時はさぞかし孤立無援の戦いであっただろう。その分、いま読んでも斬新な文学論である。

平安から中世を通して、日本の文学の主軸は和歌であり、散文作品もその文学性は和歌を拠り所としていると説く。

決して難解な書ではなく、俊成、定家、後鳥羽、実朝らの実作と人生に即して、明解な文章で論じられている。とくに記憶に残るのは、さまざまな説がある西行二三歳の出家の理由を、花月に生きる最高の豪奢な放蕩と断じたくだりである。

塚本邦雄がもっとも影響をうけた古典論としてあげた書でもある。

『西行』　白洲正子　新潮文庫

ひとりの歌人について知りたいと思えば、その歌人にもっともほれこんだ作家の著書を読むのがいいだろう。その点では白洲正子ほど西行にほれぬいた人もそうそういない。あの世へ行って誰に一番会いたいかと聞かれた正子は迷わず「西行よ」と答えたという。


現世にのこる西行の息づかいを感じようと足跡を追ってくまなく回り、お堂の裏、道の奥、村の隅々、骨身を惜しまぬ気迫で求めつづける姿勢に打たれる。

西行の魅力は多々あるが、わたしは若き明恵上人に語った歌論にとどめをさすと思う。その歌論の新解釈を自己流に試みているのもおもしろい。権威である目崎徳衛の解釈に反論し、西行こそ世を虚妄と見て、出てくる歌はすべて真言、ひととき虚空にかかる虹だと明恵に述べているのだと説く。これは腑に落ちる。現代の数寄者ならではの著作である。


『源実朝』　吉本隆明　日本詩人選　筑摩書房

太宰治に『右大臣実朝』という小説がある。その中の実朝の言葉が「平家ハ、アカルイ」「アカルサハ、ホロビノ姿デアラウカ。」などと片仮名で表記される。この感じは何かに似ている、と考えていたら、天皇陛下の話し方だと気づいた。

実朝は、やがて北条家に殺されるために生かされている。ただ延々とくりかえされる神事だけ担う存在。まだ殺されないのは、源氏の貴種の血が鎌倉統合の象徴として必要であるからだという。神事のための象徴としての存在。吉本隆明はそこに天皇制の雛形を見たのだろう。

歴史の中にある古典をこういう目でとらえなおすとき必ず見えてくるものがある。政治や経済の問題もほとんどが歴史の中で反復されて来たことなのだ。

「萩の花くれぐれまでもありつるが月いでて見るになきがはかなさ」に虚無の相を見て、吉本は高く評価している。

『定家明月記私抄上下』堀田善衛　ちくま学芸文庫

藤原定家が十九歳から七十四歳まで書き続けた日記が『明月記』。実物がいまも冷泉家に保管されているが、専門家でなくても、漢文によるその内容を詳しく知り、定家の生涯と思考をつぶさに知ることができるのもこの書のおかげであると思う。

　定家の青春時代は完全に戦争のさなかであった。その十九歳のときに記した言葉が「紅旗征戎吾ガ事ニ非ズ」。作家・堀田善衛はいつ戦地に送られるかも知れぬ青年時はじめてこの日記を読んだ。この戦争は自分がはじめた事ではない、という叫びは当時の青年に共通のもの。そういうのっぴきならぬ思いがあってはじめて対象をわがものとできるのだろう。

　定家の感情の起伏激しい性格や律儀すぎるほどの勤務態度、当時の社会情勢や風俗、百人一首の成立事情までわかってすこぶるおもしろい。これを堀田善衛はスペインに在住しながら執筆したのである。

『定家百首』塚本邦雄　河出文庫

塚本邦雄の古典論は危険である。迫力ある美文により展開される独特の解釈、美学に目をくらまされ、ある者は陶酔し、ある者は嫌悪する。しかし、危険を承知で一度はまってみるのがいい、そして正しく目覚めることが大切。酩酊から覚めるときに見えるのは、塚本が命がけで書きのこそうとした、あるべきもう一つの文学史である。実際はそうではない、と思いつつ、こんな悪魔的に美しい文学史もあるべきだ、と思えてくるはずだ。

　中世歌謡を網羅した『君が愛せし』も名著だが、読んでいて悲しくなるくらいに一途な『定家百首』をあげたい。巻頭の定家論も名文であるし、百首の解説も懇切である。歌を口語訳するのではなく、現代詩に訳したものが百首すべてに付される。これは塚本美学全開なので、好悪が分かれるだろう。

定家らの新風和歌と万葉を尊ぶ旧派の対立は、前衛短歌の時代を思わせて、その意味で塚本は定家と一体化したのだ。

『式子内親王伝』 石丸晶子 朝日新聞社

馬場あき子に名著『式子内親王』(ちくま学芸文庫)があり、竹西寛子にも『式子内親王・永福門院』(講談社文芸文庫)がある。その中で、石丸晶子の書をあげたい。

副題に「面影びとは法然」とあるように、式子内親王が忍ぶ恋をした相手は法然上人だというセンセーショナルな説を、丁寧に思いをこめて説き話題を呼んだ。

式子内親王の歌は華麗なる反面、冷ややかな悲哀に満ちており、そこにおのずから人間性がにじむ。高貴な血をもつものが時代に翻弄され連続して不幸に見まわれる中、最後の拠り所として法然上人の教えに救いをもとめる心理が、資料と歌の読み込みによって解明されている。

圧巻は法然の手紙。この長い手紙が死の床の式子にあてて書かれたものだという完全な証明もやがてなされるだろう。式子はまもなく没し、法然はなおも布教をつづけ没する。ふたりの命日は同じ一月二十五日である。

『永福門院』 岩佐美代子 笠間書院

わたしは卒論もその後の論文もこの永福門院をテーマにした。はじめてこの歌人を知ったのは、三島由紀夫の日記『小説家の休暇』である。その中の言葉、「彼女は一つの世界の死の中に生き、その世界の死だけを信じた。この風景には人物が欠けている。」に魅かれ、永福門院に心酔してからそろそろ三十年近くになる。

いつか永福門院に関する本を書きたいが、この岩佐美代子著『永福門院』以上のものは書けないようにも思う。それくらい極めつけの書で、かつては入手しにくかったのが、読売文学賞を受賞してからは読みやすい形で復刻された。

　永福門院の歌の中では、風も雨も雪も光もみな動いている。絵に描かれ静止している風景ではなく、刻々と変貌してゆく自然のさまを、変化のままに写しとっている。感情語や抒情表現をまじえずとも、彼女の孤独や悲哀が伝わってくる。

「沈みはつる入日のきはにあらはれぬ霞める山のなほ奥の峰」という為兼の歌を思いつつ、現在の京都西山に沈む陽を見る。「見ぬ世の人を友とする」幸せを感じる時である。

　また、今谷明著『京極為兼』（ミネルヴァ書房）も、ぜひ読んでもらいたい名著である。

（「短歌」二〇一〇年五月号）

『新修京極為兼』　土岐善麿　角川書店

　この名著も新修版が出て読みやすくなったことが大変うれしい。定家の曾孫で伏見院、永福門院らの歌の師であった為兼は、京極派の和歌理念をひらき確立した大歌人である。京極派の理念とは、「感覚的写実」に代表される。自然の景を視覚聴覚を駆使して変化の相のうちにとらえる方法論は、現代短歌で重視される質感や手ざわりの描写にも通じる。それだけ特異で斬新なものであった。「こと葉にて心をよまむとすると、心のまゝに詞のにほひゆくとは、かはれる所あるにこそ」という為兼の理念は、心の重視と言葉の自由化であり、それはいまも生きている。

古典がわかる
——なまなましい肉の感動

一般の人々は、伝統詩型である短歌の作り手はみな古典にくわしいと思っている。だが実際はそうではない。まったく古典を読まずに、いきなり短歌を作り出した歌人だって多くいるだろうし、むしろ古典と切れたところに、自らの創作のアイデンティティをもとめる歌人もいる。また日本の古典よりも、現代思想や海外のあたらしい文学を創作の糧にする歌人も多くいるのは当然だろう。

古典に対するとらえかたも歌人ひとりひとりスタンスがちがう。ただ古典を優雅な趣味の対象としか思わない態度や、むつかしいからといって避けて通る態度では話にならない。古典を無視、あるいは軽視して作歌活動をするのは、片翼を持たずに飛行するようなものだ。短歌詩型にとっての韻律の仕組み、五句の仕組みなどは、長い古典和歌の歴史のなかにこそ解明する鍵がある。だいたい、なぜ短歌が三十一音なのか、という問いにすら答えられないでいいのだろうか。また、短歌がある時、意味をこえた力をもつのはなぜか。こういうことが、古典をないがしろにして考えられるわけがない。

しかし、古典を必須の勉強の対象としてしまうのもまたよくない。むつかしい古典文法やめんどうくさい約束事、現代とかけはなれた社会背景、そして現代人には理解しがたい非論理的な思考のありかたなど、乗りこえなければならない垣根がつぎつぎと出てきて、挫折してしまうケースはよく耳にする。「古典がわかる」といっても、そう容易にわかるというものではないし、マニュアル的に把握できたからといってわかったことにはならないだろう。

どんなことでも好きになる、魅力の虜になる、という心の移入があってはじめてその世界が見えてくるものだ。そういう意味で今回選んだのは、「古典をわかる」ためにに読んだというより、わたしが「古典に胸ゆさぶられた」本である。十代のころから何度も何度も読みかえし、時には涙ぐむような思いもし、どきどきして興奮がさめない思いもした。そういう八冊である。

ただ、わたしが『新古今和歌集』以降の中世和歌に魅かれ、論文のテーマにしたこともあって、気がつけば中世和歌のものばかりになってしまった。これは自らの基準に純粋に沿ったための現象で、もっと読者のために幅広くカバーすべきだったという反省もある。

たとえば、中西進著『万葉集全四巻別冊一巻』(講談社文庫)は万葉集を読むためのもっともユースフルな必携書であるし、伊藤博著『万葉のいのち』(はなわ新書)の熱い文体、上野誠著『万葉びとの生活空間』(はなわ新書)の興味深さも忘れがたい。井上靖著『額田女王』(新潮文庫)を読めば、額田王の体温が伝わってくるようだし、小野寛著『大伴家持』(新典社)のキーワード「孤愁」は天平の家持の本質をよくとらえている。共著である『大伴旅人』(おうふう)を読んでいて歌の読みが深いな、と感心してその項の執筆者を見れば、河野裕子だったので納得したという覚えもある。

ほかに特筆すべきは、馬場あき子著『歌説話の世界』である。かつては、歌が生れること自体がひとつの物語をはらむ出来事であり、それは日本人にとって歌がどれほど特別な存在であったかを再確認させてくれる書である。また、尾崎左永子著『大和物語の世界』も、それまでにはあまりなかった説話物語を知るための格好の書である。

島津忠夫、久保田淳ら大家の和歌史に関する膨大な研究書や古典文学全集に真っ向から挑むと同時に、いつも胸をゆさぶる古典のおもしろさ、魅力を語りかけてくれるこれらの書も、ぜひ手にとってほしいと思う。

三島由紀夫が春日井建『未青年』の序で、「古典の桜や紅葉が、血の比喩として使はれてゐたことを忘れてゐた。月や雁や白雲や八重霞や露や、さういふものが明白な肉感的世界の象徴であり、なまなましい肉の感動の代置であること」と書いた言葉、古典に対するときはいつもこの言葉を忘れないようにしたい。千年を生きた古典は、それ自体まだ脈打つものなのである。

（「短歌」二〇一〇年五月号）

旧字のパワー

旧字という概念が生まれたのは、一九四六年十一月に告示された「当用漢字表」に、元の漢字を略したり、変形させたりした新字が、正式なものとして掲載されたとき、と漠然とかんがえていた。

しかし、戦前から漢字の改革案は何度も出されており、一九二三年にも「常用漢字」として、略字体が政府見解として正しい漢字だとされたことがあったという。もっとも実施予定であった九月一日当日に関東大震災がおこり、計画は棚上げになるという皮肉な結末をむかえたのだが……。

元来、中国の言語を表記するため古代に生み出された漢字が、日本語に転用されたのだから、先人の血のにじむような努力と工夫が積み重ねられたのは当然。その過程において、漢字は日本語に合うように改変されつづけて来たのだ。写本や古文書などの用字は、思うがまま勝手気まま、まさに無政府状態と言える。毛筆で書きやすいように略されもするし、画数の少ない字に変換されていることも多い。よく使う文字ほど、バリエーションが多く、和製の異体字、あるいは俗字は無数にあり、また「儚」「峠」など、和製の字である国字も多い。

日本では、十八世紀に清の康熙帝によって集大成された『康熙字典』が正字の規範として、認識されているのが現状だと思う。しかしそこには、日本で古くから書かれていた異体字も国字も当然ないのだが……。

新字は、便宜をはかるために略され変えられ意図的に作られたものであるから、明確な定義はできる。しかし、歴史的に使われつづけた旧字の定義はやや複雑曖昧である。融通無碍な日本人らしい現象で、調べれば調べるほど奥が深くておもしろいのだが、ここでは「新字に改変された字における改変前の字」ということにしておこう。

新字の問題点としてよく指摘されるのは、元の字義が失われてしまうということ。たとえば、「傳」「轉」「團」に共通する「專」の持つ意味が、「伝」「転」「団」になると分断され字の縁がなくなってしまうこと。また、「藝」が「芸」になると、元からある「芸《うん》」との区別がつかなくなること。

これらの例は、便宜を優先した「筆記の経済」（『日本の漢字』笹原宏之）の法則が産む問題点である。

戀を戀する影繪のやうな心より頰染むるかに
夕合歡の花　『透明文法』

松浦山《まつらやま》悲戀《ひれん》をこのむわれゆゑに青きひれふれ
とはの戀人　『日本の歌枕一〇〇』

戀や戀　われらにさむき砂婚《さこん》てふ中空の星な
べて火の砂　『感幻樂』

塚本邦雄は旧字と呼ばずに正字と呼んでいた。その意図は、『康熙字典』をうんぬんする姿勢ではなく、戦後政府によって制定された「当用漢字表」の新字体を徹底して嫌悪する価値観の表れであろう。

旧字の代表のような「戀」。一首に二回登場する歌をあげてみた。塚本邦雄は、すべて手書きで執筆していたので、当然、二十三画書いていたのである。これでなければ表せない重い感情をさす字として、陶然たる面持ちで書きつづっていたのだろう。なるほど「恋」では軽すぎる。「人戀はば人あやむるこころ」なのだ。

塚本邦雄が憎んだものは、芸術の分野に政治が介入し強制すること、そしてすべて難解なものが悪とされることであった。ただ、言うはやすく行うは難し、である。

『戀──六百番歌合《戀》の詞花對位法』という小説を書いたほどだから、生涯に何万回も二十三画「戀」という字を書いていたのだ。専用の原稿用紙に、極細万年筆のペン先を裏返しにして纖細華麗な文字で書き表す行為。その美学をつらぬき通すのが、塚本の存在証明だったのだ。

総合誌などで読むとよくわかるのだが、塚本作品の掲載ページだけがちがって見えたものだ。目に馴れた字体ではない画数の多い活字がかもし出す視覚効果は、十分に計算されたもので、多くの歌人が戦後、新字を使用したことで、逆に塚本の作品が浮かび上がる結果となった。憎んだものが、逆説的に味方したことになる。

しかし、その効果は、格調の高さとともに、作りこんだ工芸品のような独特の人工美を感じさせることにもつながった。もしかすると徹底した旧字の使用は、塚本の作品をある傾向をもって、画一的に見せる別の要素も持っていたのかもしれない。

（「短歌」二〇一三年七月号）

解説

第二歌集「木に縁りて魚を求めよ」解説

岩尾淳子

水底に眼ひらく椿　こころとはかつてこころのありし痕跡

肉厚な花弁がうち重なった椿の花はついさきほどまで地上の枝に咲いていたのであろう。それが水面を割って落ちたあとも水底にひらき続ける。むしろ水のなかに沈められてこそ花はひらく、とでもいうのか。重層的な花弁をもつ椿のイメージはこころの叙述の暗喩として美しい。

巻頭に置かれたこの引用歌は歌集の意図するところを率直に語っている。人の記憶は蓄積されることで過去を想起し、現在へと連続してゆく。その総体がこころであり、痕跡の断片を拾い集め、保存し、表象しようとする。それは自らの基底への遡行なのかもしれない。

春立つとけふ精神のくらがりに一尾の魚を追ひつめにけり

この歌集には水のイメージが溢れている。そしてその水の中を動き回る一尾の魚。「春立つ」という措辞には作者のクラシカルな美意識が垣間見られる。そういう美意識に裏打ちされた時間性。それが想念をあそばせるトポスであり、つまりは水。そして魚は想念の主体であり、追い詰めた魚は自身であろう。常に変幻する不可思議な自己。この作者にとって記憶やそれにまつわる過去は個人の領域をはるかに侵している。

作者の出自である京都という歴史的時間が潜在的に孕んでいる文化的、集団的記憶を抜きにしてはこの人の「精神」も「こころ」のありようも見えてはこない。誰にとっても生まれた場所とその文化とは個の精神と連続しているが、京都というトポスは他の地域とは比較できない膨大な情報と、無数の人々の生涯、そして死後の時間が蓄積されている。その重層的な全体が作者のアイデンティティを呼び出しているのであろう。一尾の魚とはその意味である。

炎帝のたけるまひるま鳥羽殿へ馬のかたちの
闇が疾駆す
幼帝を飼ひたる船をうかばせて海は流れを瞬
時に変へき
もののふの滅ぶながめもやうやうとをはりぬ
やや遠き泥濘に

歌集の巻頭近くにゴシック体で書き込まれた歌。それは古典という夢そのもの。一首目はよく知られた蕪村の「鳥羽殿へ五六騎急ぐ野分かな」を本歌にして戦乱の不穏な空気を「馬のかたちの闇が疾駆す」としてさらに深く想像の空間を広げている。二首目は源平の合戦で壇ノ浦に沈んだ安徳天皇を彷彿とさせる。「飼」ふという語の選択が鋭い。描写を船の動きに集中させて臨場感がある。こうした古典的な物語のなかで、この作者の想念は実に心地よげに遊んでいる。過去の文化的な記憶が「こころ」のなかに想起され、そこに物語の細部が映し出される。こうした歌群は作者を自在に異世界に羽ばたかせている。それは夢という沃野である。

とろとろと月漏るる軒　わたくしは死んでゐ
たのよあらゆる場所に
春の燭ややくらむころ崑崙《こんろん》を盛りたる皿が運
ばれてくる
そばにゐてしかも見えざるいちにんと御室の
秋の黒書院《くろしよゐん》訪ふ
颱風のなごりのそよぐ校庭は不発なる夜をは
ぐくみてをり
わが半身うしなふ夜半はとほき世の式部のゆ
めにみられてゐたり
春昼のさむき伽藍のくらがりに誰か音観る気
配のしたり

冬竹にまぎれて秋の竹ありぬわが古きこゑこもらふあたり
木犀にほふ座敷に伏せば秋の気のまだ見ぬ沢と呼びあひてをり
夜の駅あかるし遠きいちにんはゆふぐれ色の水を吐きたり
声あぐるほどの予感は満ち来たり合歓うすくれなゐのひとけぶり

ランダムにあげてみた。これらの作品に自我は溶解しているように見える。一首目の「わたし」は、過去のどこかで死んでいった架空の主体であり、その声を言葉として記述する主体でもある。声の痕跡を記述することで来世から死者を呼び出しているかのようだ。二首目も不思議な歌、中華料理を食している場面であろうか。皿に運ばれてくる「崑崙《こんろん》」という地名が空間を湾曲させる力を持っている。その他の歌でも、現在ではないどこか、あるいはだれかと交感する気配が著しい。そして、四首目のようにその世界には濃厚なエロティズムが漂う。この独自なエロスが人の生死をこえて事象を世界から搦めとる呪的な力に変換されているように思える。それは自己を世界に遍在させる契機でもある。

あとがきに「この何年間か執していた霊感世界」という記述がある。霊感や霊魂という領域に接近する背景には、自他の境界を越えようとするエロス感覚がある。他界との交感への欲動。こうした異世界感はこの作者のモチーフとして作品中に形象化している。自我を拡大し解放してゆく。そして見えるものよりも見えないものを夢想する。あえていえば高度に消費化、情報化されてゆく社会システムへの反逆のひとつのかたちかもしれない。この作者がこの歌集で試行しているのは窮屈な自意識の檻から抜けて、現在と過去、現実と虚構、生と死、そしてエロスとタナトス、夢と覚醒を往還しつつ、根源にせまってゆく、その道行であろう。その非時間へのいざないは読者の意識をも動揺させる。

眩暈の正午は来たるこの足下蟻の意識はつめたきものを
ひたに思ふ夜明けまぎはにめざめゐて琥珀のうちなる虫のこころ
春あさき苑のまひるま鳥たちの無意味無想のいきざまを見つ

ここに挙げた三首はいずれも意識そのものへ関心が向かっている。一首目、「蟻の意識」。二首目「虫のこころ」、そして三首目には「鳥たちの無念無想の生きざま」を見ている。ここには自意識を背負って生きることを苦しみとし、それを放下することへの強い憧れがある。それは死者をより近しいものとして幻視することと同根かもしれない。

集中には「死者」がおおく呼び出される。かれらはたっぷりとした記憶の水に浸かっている。深層にありながら死者こそは現在と過去とをなまなましく起動させる主体だろう。また死者たちは時間の外側へ逸れていった存在。そこに思いを馳せる。

雪月花いち時に見つ　しろたへに死者には死者の未来ありけり
死の側の水田のひかりわが刻のすぎゆくさまを月に見られて
門灯のさゆらぐあたりわれよりも体温たかき死者が来てをる
秋虫の夜のさなかにわれはもう睡りをふかくおそれて立ちぬ

一首目、雪月花は古典的美の象徴。古典には死者によって編み出されたフィクショナルな時間が蓄積している。そこにふれる一瞬に美と滅びとの相関を見ているのだろう。二首目、死が生の時間を侵してゆく感覚を水田のひかりに仮託して可視化している。三首目の「われよりも体温たかき死者」という把握に驚く。歌集のなかには「冷えた意識」というような表現もあり、表出する世界の温度が低い。言葉に抑制された理知が響く。四首目は眠りの歌。眠りはある種の「仮死」の状態であり生と死の境界である。ここには境界にたつことの動揺がある。翻れば生そのものへの恐れともいえよう。

さて、ここまで主題的に作品を概括してきた。このあたりで、もう一歩ふみこんで「追い詰められた一尾の魚」をさばいてみたい。まず、記憶について。

屋上に寒く立ちたり昨夜とは模様のちがふ月のぼりくる

屋上に立つとのぼってくる月が目に入る。その模様が、昨夜の月の模様とちがうという。見るという知覚がひきおこす心象。やがてそれは記憶となってこころに保存されていく。時間の流れはその差異の連続である。今日の月は昨日と模様を異にしているというとき、時のうつろいのありようを映し出している。寒夜の月には日々の徒労がくっきりと見えていたことであろう。

銀行に銀の冷房臭みちて他人の記憶のなかを生きをり

明日よりも昨日は未知にあふれつつ日の先を飛燕ひるがえりたれ

冬鳥のしきり呼びかふ大洪水前の時間をわれは生きをり

一首目、エアコン臭のきつい込み合った夏の銀行。大勢の来客のなかの一人として自分の姿もだれかに記憶されるだろう、というくらいの意味としても読める。それにしても「他人の記憶のなかを生きをり」という叙述はその平板な解釈を越えた何かに触れている。自分と他人とは明確に区別できるのだろうか。自分の中に他人が生きているように、自分も他人のなかに存在している。つまり、自他が互いに侵食しあっている。その境界に立たされているような感覚を捕まえている。二首目はどうか。「明日よりも昨日は未知にあふれつつ」とは一見矛盾した言い方だ。やはり過去の時間に想念が飛んでいる。個人的な記憶にしろ、集団的な記憶にしろ、記憶はあくまでも主観的であり流動的だ。また、常にそれは生成され、脚色され虚構される。そういう意味では印象が皆無である明日よりも、昨日の方が「未知」の領域が広がっているということか。三首目は、逆に未来を詠んでいる。わたしたちに現前しているのは「いま」という瞬間だけであり、時間は常に未来から波のように襲い掛かってくる。「いま」は「大洪水前」に晒されている。こうして、作者は我々が時間のなかで生きるしかない存在であることを問い続けている。

二つ目、からだ。こころが自在に言葉を得てあそぶとき、からだはどこにあるのだろう。

この作者にとって身体はこころよりやや遠い。集中にみられる「からだ」はこころから剝がれ落ちるように頼りない。独特の体感といってもいい。

天然ガス湧きたる地区のかげらふや夏どこまでもからだあるわれ

バスタブに耳までひたり人間のからだとはこころのうらがは

わがからだねむらせてのち十二月の月さす歩道のさまなどを見む

一首目、「天然ガス湧きたつ地区」はどことなく無機質であり、居心地の悪い異物感もある。そして摑みどころのない「かげらふ」。その空間の延長であるかのようにからだが表象されている。「どこまでも」は時間的空間的なひろがりをいうのか。からだはどこまでも拡散している。季節からも暑苦しい肉体そのものへの違和感がにおう。二首目になると、こころとからだは分割しがたい両義性のなかで和解しているようだ。バスタブに心地よく漬かったからだ。生命はここでは深く癒されている。三首目はどうか。からだを「ねむらせて」そののちに見る夢。そこでは十二月の歩道にしんと冷えた月が射しているシンプルな幻想。こうしてからだとこころは溶解しあい「眠り」を介して浮遊する。からだは実在と非在、夢と覚醒との境界にあって主体の意識をつねに揺さぶっているようだ。

果樹園の春のあけぼのやはらかき土より梯子生えてをりたり

暗闇が起きてうごくと思ふまで夜の黒犬をみつめてゐたり

先をゆく仄しろき足袋ふたひらを追ひて見知らぬ棟に入りたり

さて、この三首には世界の濃淡があざやかに立ち上がる。現実世界の景を描きながらふわっと浮くような揚力が働いている。主体の意識が現実の表層の内側へ入り込んでゆくようだ。梯子、暗闇、足袋、から記号的な意味が拭い去られ、生き物のように感受されている。あたかもからだが美しく変幻したかのように。

三つ目、境界意識。境界は意識をゆすがす場所として世界の重層性をあらわにする。

夜の鷺のこゑあびてけり月出れば湖《うみ》にもみゆる水のやぶれめ

薬風呂にひたりつつ湯をうめれをればたまゆら見ゆる水のほころび

白壁の一本の罅たどりつついのちのやぶれ目を見てゐたる

一首目は湖の叙景でありながら、どこか不穏な気配がする。聴覚から視覚への転換が不安定さを醸し出す。そして、逢着するのが「水のやぶれめ」。この上にさりげなく置かれた「湖《うみ》にも」の「も」は注目すべきだろう。作者は常に世界の「やぶれめ」を注視していたことになる。二首目は、浴槽の湯に水を足す時にあらわれる窪みを「水のほころび」と表現している。裂け目への敏感な反応。そして三首目はどうか。この歌を読むときには、どうしても永福門院の代表歌に触れたくなる。「まはぎちる庭の秋風身にしみて夕日のかげぞかべに消えゆく」。散る萩も、壁に消えゆく夕日もおしとどめることはできない。院の歌には滅びゆくものの静かな諦念がある。ただ掲出した歌には諦念といった受動性は感じ取れない。罅、いのちの破れ目、といった語からは動的な不穏さが漂う。ただ見つめるその眼はつめたく覚醒しているようだ。

最後に自己認識について。歌集の印象からは醒めた熱量のようなものを感じる。それは内省するベクトルが働いているからではないだろうか。さきほどの歌のように些末な事象から離れて「いのちのやぶれ目」を見ようとする思考のすがた。そこには存在の根源を覗き見たいという強い欲望が溢れている。

荒神橋の凍霜の夜にいきづける百合鷗くれなゐのいきぎも

鯉魚去りて濁りはげしき泉水の澄みゆくまでを眺めておりぬ

道路掘る工夫よごれてうごきをる寒暮ひしひしと降りてくるなり

刃当つればおのづと割るる甘藍にみなぎるものををのきて見む

四首あげてみた。どの歌にも内側にめり込むような視線を感じる。あるいは内側がさらけ出されるような気味悪さがただよう。一首目は百合鷗を詠むが、その視線は皮膜を破り内臓をほぐしている。命の無残さが晒されている。二首目、鯉魚の動きによって巻き上がる泥の濁りを注視する。生きて動くゆえのたしかな濁り。三首目は嘱目詠だが、道路工夫の動きに焦点をあてる。寒さに晒される工夫は命そのものの汚れや痛みの象徴のように描かれている。四首目、刃を当てたキャベツが自ら割れる瞬間をとらえて、その力に慄いている。その「みなぎるもの」とは命の力だろう。ここには、生命とは痛ましく、苦痛を孕むものであり、濁りそのものであるように認識されている。そしてその原始的なものを深く恐れる感性が、この作者に現実世界に縛られた自意識から飛翔させてゆく必然をもたらすのであろう。

水音の止むひとところ歩み来てむかう岸ゆくわれを見たり

匂ひある夢よりさめて鏡見ればわれに似てどこかちがふ顔あり

泡立ち草にしらつゆおりる秋の朝つづまるところわれはわれをしらず

作者の関心は閉じられた自意識の表出には向いていかない。現実の再現にも無関心だ。では自己はどのように表象されるのか。ここにあげた三首には自画像らしき姿が描かれている。一首目、対岸から「われ」の姿を見ている「われ」。「われ」は一体どこにいるのか。二首目、鏡をのぞいているわれがいて、そこに映る顔は「われに似て」いるがどこか違うという。そして、三首目、「つづまるところわれはわれを知らず」とする。これは、それほど珍しい認識ではないにしても、この作者の立ち位置を明確に提示している。ここで言われているのは近代短歌に見られるただひとつの自己への否定である。そして一見、自己客体化のように見せて、外部と内部とが侵食しあうような意識のありようといえようか。この作者にとって自己とは自明な存在ではなく、常に変幻し世界の外へ逸脱するものとして立ち現れる。現実に執着しない浪漫性は読者をも現実の息苦しさから救い出してくれる。

ここまで見てきて、この歌集に底流している反日常性への志向は明確だ。それはエロスにあふれており、生死や自他の境界も自在にこえてゆく。

では、日常的な世界はどうあらわれるのか。この歌集のどこからも作者に関する現実的な情報は得られない。作者にとって日常的な現実世界は空疎で退屈なものと見えているようにも思える。それはある種、苦々しいニヒリズムの様相を呈して作品に痕跡を残している。

夢の余韻葬らむとして夜の水にゆるゆると石をしづめて去りぬ
はじめから孵らぬ卵の数もちて埋めむ冷蔵庫の扉のくぼみ

歌集の巻頭部から引いた。一首目、夢から覚醒へ移行する意識のながれを夢幻的に詠んでいる。目覚めることは「夢」を葬ることであり、石をしずめるという行為により強く断念されている。また、二首目、主体は「はじめから孵らぬ卵」しか持ち合わせておらず、その卵は「冷蔵庫の窪み」を埋めるしかないとの無力さをかみしめる。こうして現実世界は常に不可能性を生に突き付けてくる。

水道管地にむきだしに延びるここ夏のひなたの確たる形
交通事故処理終はりたるアスファルトはやもまだらに渇きゆきけり

さらに、具体的な景に接した歌をみると居心地の悪さが如実に表明されている。一首目、「水道管」が「地にむきだしに伸びている」景からは叙情は削ぎ落され、物体の「確たる形」が無残に晒されている。二首目、「交通事故処理終わりたる」という散文的な言い方にゆるい嫌悪感が漂い、結句の「渇きゆきけり」という感情を必然的にさそいだす。ここで「渇き」という語が選択されているが、まさにこの作者にとって現実世界は「渇き」を強いられる場所なのだろう。「水を得た魚」という諺があるが、タイトルの「木に縁りて魚を求めよ」には存在のありようを、あるいは世界への違和を逆説的に封じ込めているようだ。

この第二歌集が編まれたのは一九九七年。第一歌集が出版されてからの六年間にはバブルの崩壊、阪神大震災、つづく地下鉄サリン事件、酒鬼薔薇事件等、社会を震撼させ窒息させる出来事が次々におこるなかで時代意識はしだいに閉塞してゆく。現実は委縮し、居心地の悪い世界が平板につづく。さきに見た「われ」の自画像もそういううすら寒い感覚に満ちている。

　青鈍のうごく煙をえがきたるネクタイ提げて
　　くるもののあり

ここに登場する男らしき人物もまるで煙のように青ざめて描かれている。現実の手触りはどこにも感じられない。あるのはぼんやりとした不安だけだ。しかしこの男は煙のままではいられない。汚れた都市の路地を歩き、さらに世界の混迷の深みに降りてゆく。この歌は後続する歌集の位相への予言のようだ。ここには不条理な現代性と切り結んでゆく作者の新たな地平への扉が開かれている。

アンビバレントな言葉の痛み
――『現代短歌最前線』下巻「自選二〇〇首」について

大森静佳

短歌を読んで、心がふるえる、あるいは心に突き刺さって痛い、ということはときどきあるが、林和清の歌は心というよりも、内臓に深く刺さってくる感触がある。内臓がどろっと痛むような、もっと言えば心と内臓が溶けあってしまったような、この狂おしい読後感はどこから生まれてくるのだろう。

　かつてなにか愛したといふ記憶だけエヴィア
　ンは暗い石の味する
　あの時もさう、人間のゆくさきの血のにほふ
　闇を告げたのは鮎

石がどんな味なのか知らないはずなのに、「エヴィ

アンは暗い石の味する」と言われたとき、確かにその嫌な苦さが自分の身に覚えのあるものとしてなまなましく舌に蘇ってくる。誰をどんなふうに愛したのかという具体は霧のなかへと遠ざかり、ただ何かを愛したというざらついた余韻だけが身体の芯にかすかに残っている。そんな抜け殻のような状態で口にしたミネラルウォーターの味のなさ。「黒い石」ではなく「暗い石」という言い方も印象鮮やかで、確かに石は色が暗ければ暗いほど苦いだろうという気がする。

次の歌はどこか暗示的な雰囲気のある一首だが、「あの時もさう」「告げたのは鮎」といった口調の崩し方のせいもあってか、読んでいるこちらの顔に声が直接触れてくるようななまあたたかい感じがある。鮎というのは、神功皇后が朝鮮半島に出兵する際に鮎釣りによって勝利を占ったという話が『日本書紀』などにあって、「鮎」という漢字の由来も「占いの魚」という意味らしい。神功皇后の古代から今に至るまで、人間のゆくさきには戦争があった。「血のにほふ闇」があった。真っ暗な闇のなかでいっそう研ぎ澄まされた嗅覚に届く血の匂いが、人間という生き物の業の深さを物語っていて怖ろしい。

私は「石の味」も戦場という「血のにほふ闇」も実際には経験したことがないのだけれど、歌を読むとそれらを確かに「知っている」と思ってしまう。記憶とも呼べないような遠い記憶を刺激されたときのように。林の歌は、味覚や嗅覚など五感を伴うイメージの喚起力がとても強いのだ。共感とも違う、単なる奇想とも違う、身体や内臓に訴えてくるようなこういう歌ではしばしば、一首を外から眺めていたはずの自分が、いつのまにか一首の内部に瞬間移動してしまう。内と外が反転して、自分がその反転の渦に引きずりこまれるような快感がある気がするのだ。

これら二首をふくむ二百首は、二〇〇一年刊行のアンソロジー『現代短歌最前線』下巻に収録されている。ほかの十名の掲載歌人と同じく、単に「自選二〇〇首」と銘打たれているが、林の場合は第二歌集『木に縁りて魚を求めよ』以降一九九七〜二〇〇一年の期間に新しく詠まれた歌を収めている。第三歌集『匿名の森』は二〇〇二年以降の歌から成るため、実質的にはこの二百首は第二歌集と第三歌集の間でまとめられた小さな歌集のような位置づけであり、と同時に、非常に濃厚なテーマ性に貫かれているという意味では、ひとつの長大な連作として考えることもできそうだ。

「恋が滅ぶのは、城が堕ちるやうだつた。ひとつの国が地図から消えた。」というエピグラフを掲げた四十一首（便宜上、これをⅠとする）、「世紀末といふのは、単なる時間の区分ではない。ある精神の持ちやうのことなのだ。」というエピグラフを掲げた百七首（Ⅱ）、そしてすべての歌に詞書がついた「ある年の暮れゆくなだり」五十首に「悲鳴」二首を加えた五十二首（Ⅲ）から構成されている。ざっくり言うと、Ⅰはひとつの「恋」の終焉、Ⅱは「世紀末」ということが大きなテーマになっていて、さらにⅢでは師である塚本邦雄の入院という大きな出来事をはじめ身辺のことがかなり詳しく詞書に綴られているが、二十世紀最後の年の七月から大晦日までの記録だという点で、やはりこれも「世紀末」という主題に別の角度から斬りこんだ歌群と言える。

話すほど口中に針が生えてくる想ひがつのりつひにゆふぐれ

待つてゐた電話も切つたその舌からアロエの味が夜を去らない

ゆふぐれに色なくす部屋いつよりか記憶の顔がひとつころがる

もどらない人の残像さはさはとマンションぢゆうのポトスが枯れる

Ⅰを中心に展開される失恋の歌のなかでは、こういうものに立ちどまった。言葉がひしひしと痛い。口のなかに生えてくる鋭い針、電話を切った後に残る刺々しいアロエの味。関係が泥のようにぬめってうまくいかない感じを、鋭敏な、と言うよりも鋭敏を通り越して、苦しみのために過敏になったような五感でとらえている。三、四首目は喪失感の表現がそれぞれ面白い。モノクロームのようになった薄暗い部屋に、記憶のなかの相手の顔がごろりと転がっている。自分が永遠に失った顔の幻と対峙し続けなければならない、茫洋とした虚しさ。林の歌は動詞が印象的に使われていることが多いが、この歌も結句の「ころがる」が生首のようでとても怖ろしい。愛した人がもう自分のもとへは戻ってこないというあまりに途方もない虚無感と喪失感が、ついにはマンションじゅうのポトスを枯らしてしまった。目に見えないはずのところまで自分の感情が力を及ぼしてしまったかのような、そういうマジカルな直感というものも林の歌の大きな特色となっている。

あざやかに別れの手をふりあつたあと蝕まれる葉桜を見てゐた
蜂が蜜におぼれる冬の陽の甘さやけにこたへて歩けなくなる
この街の裂傷として立つてゐる樅の木が聖樹の飾りをまとふ

自分という存在からはまったく独立して、無関係にそこにあるはずの自然界や街の光景。しかし、ものを見るときにはどうしたってそのときどきの感情がまなざしに力を及ぼしてしまうものだろう。蝕まれてゆく葉桜も、花の蜜におぼれる蜂も、裂傷のように痛々しく立っている樅の木も、他でもなくそれを見たい、しかもそのような見方で見たいという「私」の心の反映である。「私」に見つめられることで、葉桜はより激しく蝕まれ、蜂はより深く溺れ、樅の木はより鋭く裂けてしまった。そんな感じさえする。直接には恋の苦しみも何も言っていないけれど、重たく伝わってくるものがある。

癒されてゆくのか僕でさへ今日のケミカルな月のひかりだけれど
君といふ入江があつたさみしさに夏の密使が

おちあふあたり
春といふ仕事に飽きてよこたはるやたらさびしい微熱のからだ
ゴムの木に不実の理由話し終へさて午後いちの歯でもみがいて

「恋が滅ぶのは、城が堕ちるやうだつた」というヒロイックで物語めいたプロローグとはやや印象の異なる、口語を効果的に使った軽やかな歌もある。あるいは、恋の顚末をやや俯瞰的に外側から見ているという意味では、「恋が滅ぶのは、城が堕ちるやうだつた」という述懐とこの少し冷めた口語の歌も同じ根っこを共有しているのだろうか。

「ケミカルな月のひかりだけれど」「やたらさびしい微熱のからだ」といった言い方からは、ニューウェーブの影響も見てとれる。一方には塚本邦雄に非常に近い硬質な文体の歌があり、もう一方にニューウェーブ的な口語歌があり、両者の混在は原色と原色がぶつかりあうような奇妙な世界を表出させているのだが、林の歌のもっとも魅力的な部分は結局そのどちらでもない、冒頭に挙げた「エヴィアンは暗い石の味する」の一首のような、内臓になまなましく訴えかけてくる感覚的かつ暗示性の強い歌ではないかと思う。モチーフの新旧にかかわらず、どこか原始の暗さがあるのだ。

さて、林和清が抱えもつ主題のひとつに自らが生まれ、育ち、現在に至るまで暮らす「京都」があることはよく指摘されるが、面白いことにこの二百首、特にⅠとⅡにおいてはほとんど京都という場所が意識されていない。「阪急で根の国へゆく苔色のシートに夢をさまよひながら」「山に火を放てよアヒルカナ文字の送り火に冬の霊をゆかしめ」あたりにかろうじて匂う程度ではないだろうか。

死ねばいい今朝この街につくられたスノーマンたち　夜の糠雨に
千人の顔写真舞ふあをぞらに桜あらはな風姿をたもつ

むしろ、こういった歌から思い浮かべる街の景色というのは京都のイメージからは遠く、どちらかというと東京のような、あるいはどこか名前のない架空の大都市という感じもする。

　百年も夜がつづいてゐたとおもふ観覧車のいただきに着くころ
　生きてゐたことにおどろく神神の訃報のニュース解禁されて
　もう誰も死なない惑星《ほし》になるだらう白夜の森が胸をひらいて
　もう誰も生まれない惑星《ほし》になるだらう澄みきつたこの朝を最後に

　前の二首を連作「ルミナリエ」から、後の二首はフィンランドを訪れた連作「ヒスペリア」から引いた。二十世紀の百年間はじつは長い長い夜の時間だったのだという認識の、その背後にある歴史や文明への視線を思う。IIの後半はノストラダムスの予言集『諸世紀』からのアクロバティックな引用を含み、世紀末という時代への心の寄せ方が凄まじい。

　ある種の「滅び」のイメージをともに内包しながら、多くの林の連作あるいは歌集において「京都」が占めている位置を、ここでは「世紀末」という主題が占めている。IIの冒頭に「世紀末といふのは、単なる時間の区分ではない。ある精神の持ちやうのことなのだ。」と掲げる林にとって、「京都」もまた単なる場所ではなくてひとつの「精神の持ちやう」だということを、『現代短歌最前線』下巻に二百首とともに収録されているエッセイ「京都時間のベクトル」が教えてくれる。このなかで林は、「京都画壇」の上村松篁の花鳥画に触れながら次のように書いている。

　生き生きと命がみなぎっていながら、同時に、完全に死んでいるような不思議な印象をあたえるのである。それは、様式的だから生き物の生命感がえがけていない、という意味ではまったくなく、今にもはばたこうとしている力と、全力でそこへとどまろうとしている力が拮抗しているような感じ。はげしい力がひきあって、永遠の宙ぶらりんを生み出しているような感じとでもいえばいいだろうか。（中略）生きようとするベクトルと、死のうとするベクトルとがせめぎあってつくる危うい均衡。それは一瞬と永遠をつなぐ架橋になる。（中略）こういうところにも京都が、長い時間をかけてはぐくんできた日本の美の秘密がある。

アンビバレントな力への憧れが端的に語られている。かつて国の都として栄え、めまぐるしく文化が花開き、多くの争いが起こり、死者たちの想いが何層にも堆積している京都という街。京都に過去へ向かうベクトルと未来へ向かうベクトルが拮抗しているように、世紀末という時間にも、はばたこうとする力とそこにとどまろうとする力が引き合った、宙ぶらりんの渇いた高揚感があったのではないか。だとしたら、林はただ京都に生まれたから京都をうたっているのではないし、たまたま世紀末に遭遇したから世紀末をうたったわけでもない。アンビバレントに引き裂かれる美を目撃できる舞台として、みずからの手で能動的に「京都」や「世紀末」という主題を選びとっているのだ。

もうどこへもゆきたくはないぴきぴきと蛍光灯の輪をとりかへる
雨後の月が赤くのぼる　もうだれも先へすすまなくなつた夜に
まだつづく人生《ラ・ヴィ》　外界の灼熱を見ながら蝦チリソースの真つ赤

時間は、日は、いやおうなく進んでゆく。でもそれとは別に、そこにとどまろうとするベクトル、死へ向かうベクトルが世紀末にはあって、特に「もう」や「まだ」という言葉に注目しながら読んでゆくとその感覚がよくわかる。もうこれ以上先へ行けないような、時間が止まったような、行き止まりの感じ。無気力で、けだるくて、変に明るい。こんなにも宙ぶらりんなのに、人生だけはこれからも他人事のように続いてゆく。窓の外の蜃気楼も、蝦チリソースの派手な赤も、自分の人生において確かに見つめているものなのにどこかよそよそしい。

次の世紀にくるかもしれぬしあはせのひとつ、自分のベッドで客死

ドアノブに手をかけて待つ世紀には誰もが消えてゆくといふ救ひ

世紀末というテーマだけでは回収しきれない、こういう少し屈折した厭世感覚もある。ただ、自分の内面をうたった歌というのはⅠの失恋のくだりを除けばさほど多くはなく、Ⅱ、Ⅲでは自分や現在よりも、他者や過去への眼差しが目立ってくる。そのなかでも特に興味を惹かれるのが、権力を持つ者への慈しみとも愛情とも呼べるような心のありようだ。

左右ある「位」があつたあるときはいたくさみしいひとがのぼつた

昏れのこるリチャード三世　鎖されて回送となる電車のなかに

ひたひたと月がてのひらで触れてゆく蘇我入鹿の薔薇のむらぎも

左大臣や右大臣などの官位をうたった一首目は、「あった」「のぼった」という呟くような口語が何ともいえずもの寂しい。二首目、リチャード三世はシェイクスピアによって狡猾なイングランド王として劇化された人物で、最後は味方の裏切りに遭って戦死した。夕暮れの回送列車にその孤独な横顔が幻視されている。三首目、時の権力者であった蘇我入鹿は乙巳の変で中大兄皇子と中臣鎌足によって殺害された。薔薇色のむらぎもはその遺骸から飛び出た臓器だろうか。鮮やかな赤い臓腑が月光にやさしく撫でられるイメージは、グロテスクだが凄惨な美しさ

を感じさせる。

いずれの歌も、運命に翻弄された権力者たちの内面の孤独を見つめている。争いに巻き込まれ、滅んでいった人々の寂しい横顔が、歴史的な知識や記録といった叙述ではなく、「昏れのこる」「ひたひたと」「薔薇のむらぎも」といった陰翳の深い言葉によって肉感的に捉えられている。

京都、世紀末、そして権力。これらはすべて「滅ぶ」というイメージと密接に繋がっている。「滅び」とは、単なる消滅ではなく、ひとつの栄華がいやおうなく斬り落とされる切なさをともなうものである。そしてそれはやはり、華やかに生に向かって力を持続させようとするベクトルと死へ向かうベクトルとが無惨に引き裂かれた、アンビバレントなありようなのだ。

かの朝を帰ると夫ある皇女《ひめみこ》が徒歩《かち》にて渡るスライムの川
膕《ひかがみ》までダム湖につけて夏の子が追ふ水禽のむらぎもいきぎきも

すべての歌に日記風の詞書が添えてあるⅢでは、カルチャーセンターなどの講義で取り扱った人物として、かつての権力者や皇族貴族たちがさまざまに登場する。一首目には「神戸、高槻にて講義「持統天皇Ⅰ」。但馬は粘りに足をとられるだらう。」という詞書があり、つまりこの歌は有名な但馬皇女の「人言を繁み言痛み己が世に未だ渡らぬ朝川渡る」（万葉集巻二・一一六）を下敷きにしているのだが、古典和歌の文脈のなかで唐突に出てくる「スライムの川」に驚かされる。夫のある身でありながら別の男性と逢瀬を重ねた皇女が、スライムの粘りに足をとられる。古代と現代が暴力的に一首のなかで衝突しあい、さらに但馬皇女を愛をこめてからかうような毒気もかすかににじむ。二首目には「豊中にて講義「大伴家持Ⅱ」。大津皇子は鴨の命がねたましかつたのだ。」という詞書がついている。大津皇子は謀反の罪で捕らえられ、二十四歳の若さで自害した悲運の皇子。

辞世の歌「ももづたふ磐余《いはれ》の池に鳴く鴨を今日のみ見てや雲隠りなむ」（万葉集巻三・四一六）に斬新な解釈をあたえる詞書が印象的だが、この歌でもまた、古代の文脈と「ダム湖」という現代の景が意識的にぶつけられている。「腦」や「むらぎもいきぎも」といった言葉の強さによって、「夏の子」や「水禽」が、なまあたたかい血肉を持つ存在として奥行きを増してくる。

ひとくちに歴史や過去への視線がある、と言っても、林の歌は、過去と現在を行き来する、というような直線的な時間感覚とは少し違うものを持っている感じがする。回送列車のリチャード三世も、スライムの川の但馬皇女も、ダム湖の大津皇子も、うっかり現代に迷い込んでしまっただけだというような、ごく自然な呼吸をしている。一枚の絵のなかに、過去と現在が二重写しになっているような。時間をうたっているのに、そこに感じられるのは時間の奥行きではなくてむしろ空間の奥行きなのだ。そこが、林和清の歌の不思議な魅力となっている気がする。

その混沌とした空間のなかで、死者たちが生者よりもいきいきと存在している。

空に塩満ちてくる秋　みなひとがやがては王
へいたる病に

過去のさまざまな権力をうたいつつ、その底にはおそらくこうした現代への批評意識があるだろう。海が満ち引きするように表情を変える秋の空の下、私たちは「死に至る病」ではなく「王へいたる病」に冒されているという。「王へいたる病」、それはリチャード三世や蘇我入鹿が胸にひそかに抱えていたのと同じ、内面の孤独だろうか。文明や科学、インターネットが飛躍的に進化し、街が昼も夜も明るい世紀末。しかし一人一人の心には自分自身が自らの内面世界の「王」になるしかないような、どこか寂しい感じがある。そういう感覚があるのかもしれない。栄華と孤独に引き裂かれる「王」という究極のアンビバレンスを、現代のひとびとは背負っているのだ。「世紀末といふのは、単なる時間の区分ではない。ある精神の持ちやうのことなのだ。」というエピグラフに寄り添うのは、実はこういう歌なのではないだろうか。そしてあるいは次の歌も、「世紀末」という「精神の持ちやう」の内実を暗示する一首かもしれない。

いつぽんの桜の不安が桜へと伝染してゆくやがて爛漫

梅や桃に比べて、桜は内省的な咲き方をする。春爛漫の桜に「不安」の伝染を見る、透徹した眼差しが鋭く胸をつらぬく。さわさわとほの白く揺れながら、樹から樹へと不安が伝染するように少しずつ開花し、やがてその不安が極まって満開を迎える桜。ここにも、内面へ向かう「不安」と外へ向かってゆく「爛漫」の勢いとがアンビバレンスに引かれ合っている。究極的に華やかでありながら、その内面には静かな不安や孤独があるのだ。桜のことを言いながら、もう少し精神的な含みも感じさせ、この桜の森のざわめきそのものがどこか「滅び」に通じるような、「滅び」の一歩手前のようなぎりぎりの美しさを保っている。

林和清は、過去や死へ向かうベクトルと未来や生へ向かうベクトルとが引き裂かれる場所に自ら立ち、その裂け目を見つめているという意味で、つねに「世紀末」的な歌人だと言っていいかもしれない。この二百首では偶然、「世紀末」という主題が実際の時間軸として登場しているだけで、普段も林の歌の裏側には「世紀末」的精神がひそやかに貼りついているのではないか。死と生の裂け目、過去と現在の裂け目を見つめ続ける、ということ。観念的に上滑りせず、なまなましく内臓に訴えてくる林の歌を支えている、その表現力と胆力を思う。

越境する時間

――林和清のヨーロッパ紀行詠をめぐって

島田幸典

本文庫に収録された、林和清のヨーロッパ紀行詠（既刊歌集未収録）を読む。ポルトガル九首、イギリス（ロンドン）五首、フランス（パリ）十三首、イタリア三十首、バルト三国およびロシア三十首、ギリシャ（クレタ島）十二首、スペイン十首、スイス十首、総計百十九首から成り、二〇〇二年から一四年までの八度の欧州各国への旅行に取材した作品群である。林と言えば京都を中心に、関西の風土を背景に置く作品がまず思いうかぶが、多忙ななか国の内外へ積極的に旅をしている。本論ではそのヨーロッパ紀行詠を題材として、林短歌の表現や主題における特色について考えたい。

＊

最初のポルトガル詠は、他国のそれと異なり、紀行文を伴う。この散文は歌のために補助的に添えられた長めの詞書といったものではなく、自立した魅力をもつ随筆である。標題は、十六世紀ポルトガルの詩人ルイス・デ・カモンイスの作『ウズ・ルジアダス』の「ここに陸終り、海始まる」から採られている。海を越えて世界へと勇躍した――あるいは、そうするよう急きたてられもした――大航海時代の精神を伝える言葉である。林はこの詩について「歴史の中に過ぎ去った事実を、生きた息吹として現在のわたしたちにも運んでくれる」と述べるが、そのあと数行を挟んで最初の歌が現れる。

ページ開くたび立ちあがる樹がありぬ死に絶えた言の葉を繁らせて

先行する散文を踏まえ、歌の言葉の含意について考えてみる。詩の一行がすっくと立ちあがり、葉を戦がせる一本の樹に重なる。遠い過去だが力ある詩のなかで言葉として表現されたことで、長い歳月が経過したあとも、読まれるたびにいきいきと蘇る――。

散文に戻れば、林はポルトガルとそこに住む人々への共感を示しつつ、ポルトガル人の心性を示す「サウダーデ」に似た感触を、源氏物語の「なつかし」に見出す。文学、さらに歴史は、林とその作品において対象に迫るための重要な回路であり、海外の事物と日本のそれとを結びつけ、散文と歌の展開を導く契機となる。ジェロニモス修道院は、ヴァスコ・ダ・ガマの航海を記念するとともに、それがもたらした富によって建てられた。大航海の飛沫ははるか日本にも及び、とくにキリスト教の伝道はひるがえってこの国から四人の少年使節がヨーロッパに派遣されることにもつながった。ここで散文は欧州での歓待とは対照的に、日本に帰った彼らを待っていた悲運に言及し、次の一首を掲げる。

転びきりしたん千々石ミゲルの消息を鳥も虫
も草もみな知つてゐる

「転び」、すなわち改宗者だが、とくにミゲルの場合、信仰を全うした他の三人との違いが際だつ。「棄教」にまつわる精神の陰翳は文学的主題ともなりうるが、たとえば短歌作品では〈千々石ミゲルその名捨て去りたるのちの痕跡ことごとく滅びたり〉という竹山広『千日千夜』の一首が思いだされる（※）。島内景二はその竹山広五十首鑑賞の巻頭の歌としてこれを選び、語割れ句跨がりについて指摘したうえで「言葉のひずみと断層が、人間の弱さと無残さを象徴的に物語っている」と述べる（『コレクション日本歌人選074竹山広』笠間書院、二〇一八年）。それはミゲルが信仰を捨てたことを前提とした歌であり解釈だが、ミゲルの墓碑とされるものの周辺の発掘調査（二〇一七年）を機に、「棄教」説の真偽が関心を集めたことは記憶に新しい。今のところ確かなのは分からぬということだが、ミゲルの消息や思いを伝える痕跡がすっかり消滅した事実の重みを詠った竹山にたいして、林の歌は「鳥も虫も草もみな知つてゐる」と断言することで、人のみが知りえぬことが印象づけられる。四句の三音三連打に煽られるように、知りえぬもどかしさはますます募る。散文はミゲルの棄教と行方知れずについて触れるだけであり、歌に託した林じしんの思いが詳述されるわけではない。この点で「転びきりしたん」は、「ページ開く」とは異なり、散文から自律して、あるいは散文から飛躍することで発せられた歌と言える。

この旅の目的は海彼への前進に弾みを与えたエンリケ航海王子の記念像との対面にあり、旅行記はこの終着点へ向かって綴られる。その過程で歌は話題の切れ目に、時には散文と絡みあって、時には独立して置かれている。〈朝霧が白鳥に成り添ひてくる幽閉の黒き脚を見せて〉は、王の離宮だったホテルをめぐる随想の言葉「幽閉」を使っており、散文との連続性が強い。これにたいして〈エンリケが発見したのは「Novos Ares《新しい空気》」と記されてをり生家の前に〉は、王子生誕の地ポルトにかんする短い紹介のあとで現れる。エンリケが何をなしたのか、素材そのものをさし出すことで端的に示した歌であり、散文による説明の必要はない。リズムと緩急を備えた歌と文との対話は、ポルトガル紀行の特色である。

※　林は第三歌集『匿名の森』（砂子屋書房、二〇〇六年）の「後記」で、ミゲルに触れている（「転びキリシタン」という言葉は、ここで用いられる）。それによれば「千々石ミゲルさみしい名前」という言葉が、誰の歌の一部か分からぬまま、長く頭から離れなかったという。作者の名は忘れたが、言葉は脳裏に残ったという経験が、歌集の標題に暗示を与えたようだ。

なお文中で明かされるとおり、この言葉は加藤治郎『昏睡のパラダイス』の一首〈千々石ミゲル。さみしいなまえ夏の夜のべっこうあめのちいさなきほう〉の初二句であった。千々石ミゲルの名に歌人は執着し、繰りかえし歌を作ってきた。裏を返せば、人名もまた「歌枕」化するのであり、個々の作品の特質は、他との対比において浮かびあがる。

＊

次は二〇〇四年のイギリス旅行である。当時私は、研究のためイギリスに滞在していた。外国で暮らしていると、日本からの客人を迎えることは何よりの楽しみである。ましてや林さん（この節だけ思い出話として、さん付けで記す）は学生短歌会以来の親しい先輩である。事前に連絡を受けた私は、夕刻とはいえまだ日の高い（初秋のヨーロッパの昼は長い）ピカデリー広場《サーカス》に、妻とともに向かった。一年ぶりに再会する林さんは有名な噴水の前の階段に座っていた。髪を少し短く切ったようだが、すぐに分かった。いささか顰《しか》め面にも見えたのは、足許に集まる鳩が気になってしかたなかったからだという（鳩は林さんが最も苦手とする鳥である）。その後コヴェント・ガーデンのインド料理屋で食事をし、さらにパブに移ったが、そこでビールを呷りながら京都の歌人や短歌をめぐる近況についてたっぷり話を聞かせてもらったはずである。

〈アンダーグランドに乗りピカデリーサーカスへ夢のつづきを歩む〉を読んで、そのときのことを思いだした。「夢のつづき」はその直前の作品を受けたものだろう。

〝明晰夢〟にかつて何度も見た都ロンドンがいま靴の下にある

林さんの歌らしいと思うのは「何度も見た」という断言調のためである。林作品の主体は時間を（また空間さえ）平然と超越し、しかも超越する／した意識の跡も残さない。

春の夜のきはまるところ花の雫滂沱たり未来にも飽きたり　『ゆるがるれ』

繁栄のこの夜を熱き涙もて思ひ出す日の来たるかならず

雪の上に雷おちてはしれるを見たりきあるい

はあれがさきのよ『木に縁りて魚を求めよ』
眼をすすぐ夜の水には今日ひと日見て来たすべての道があふれる　『匿名の森』
いまでないいつかの時を歩みつついつもの朝の駅へとむかふ

既刊歌集から例を引いた。現在に過去また未来が、時間的前後の順列の意識なく重なっている。物言いに婉曲的なところはない。「かならず」なのである。こうなると海外詠といっても、日常を離れた経験を詠った歌とは趣が異なる。ロンドンの歌がそうであるように、行くというよりむしろ戻るという感覚さえそこには生じることになる。

＊

続く二〇〇六年のパリ旅行詠のなかに「師」を詠ったものが二首ある。とくに〈師も輪ゴムを溜めておくやうな人だつたリモージュ製の青い小箱に〉は、始末を心がける庶民性と強い美意識とのアンバランスさを印象づけ、明確な人物像を提示している。

さらに二〇〇七年のイタリア紀行詠「雨のローマに残してきたもの」では〈塚本邦雄は伽藍を見ない人だつた　ただ草の実には歓声あげて〉と「師」の名が明記される。これは以前塚本に同行してイタリアを旅したという事実が背後にある。林は歌と実人生はまるきり別世界の話という態度はとっていない。自身の来歴や経験、鮮やかな師の記憶を、歌を支える文脈として意識的にとり込み、引用することもありうる歌人である。

昔の旅が亡霊となつて従いて来る師と旅をしたまだ〝リラ〟のころ

ここでも主体は時間をやすやすと越え、今の旅と昔の旅が一体となっている。一九七〇年代後半以降塚本は毎年のようにヨーロッパ各国を訪れた。師の足跡は至るところに刻まれており、だからこそ時代を超えて、その人を思う気持があるかぎり旅の同行者たりうる。〈塚本邦雄の目を借りて見るジャカランダ救済のごと紫に透く〉は塚本没後六年を経た二〇一一年のスペイン旅行のときの歌だが、師の目は依然として健在である。

「リラ」は二〇〇二年のユーロ導入まで使われたイタリアの通貨だが、塚本にも「リラ」を詠みこんだ、こんな作品がある。

アクア・ミネラーレ一瓶三千リラ、ヴェネツィアに末期の水は望むな　塚本邦雄

「アサヒグラフ別冊」一九九二年一二月号（「平成俳壇・歌壇」）に掲載された「イタリア紀行」の題をもつ三十首のなかにある。「ヴェニスに死す」とも「末期の水は望むな」、であろうか。いかにも塚本らしい諧謔を含んだ戒めの歌である。カタカナを鏤《ちりば》めた、ほとんど名詞から成りたつ師の歌に比べ、林作品では初句字余りこそ共通するものの、歌の言葉は口語の用言を主軸とする。もともと格調高い文語体から出発した林だが、前世紀末以来の口語化の動向を踏まえ、独自の文体を構築してきたことがうかがえる。

塚本の「イタリア紀行」は、ゴンドラの写真を背景として掲載されている。そのヴェネツィアを林は次のように詠う。

旅すると剝き出しになつてくるものを恐れつつ宥めつつ夜のヴェネツィア

すつと水の底まで見える箇所があるゴンドラが鏡のむかうへ入る

ヴェネツィアの運河に黄色い灯がうつる誰かに泣きつきたくなる夢だ

ヴェネツィアを詠うとき運河を満たす水からモチーフを汲みとるとして、林の場合、それは自己の心を「剝き出し」にさせる媒体《メディア》として機能している。水は「逢ひたい」「誰かに泣きつきたくなる」という旅する者の感情の自覚と吐露を促すのである。こうした時として直截な主情性も第一歌集以来の林の歌

の特質であり、塚本が〈朋よ硝子街ヴェネツィアが水没の一瞬を瞰《み》に行かう、火星へ〉と標題こそ「イタリア紀行」と銘打ちながら、まるで書斎で、これぞという言葉をつなぎ合わせるように「旅」の歌を作ったように見えるのとはおおいに異なる。林の歌には、「来た、見た」という手応えがある。

躓いて足先が石に邂逅すレオナルドの立つこの甃《いしだたみ》の　（イタリア）

神に充ちて神に充ちて苦しいのはもとめる人の吐く息の所為《せい》

美しい椅子にこぼした塩つぶのまとふ光よタリンの白夜　（エストニア）

和食「山葵」のネオンの前に屯するタトゥらよ次はなにを見るのか　（ロシア）

ロマノフ朝最後のひとり骨壺が観光客の眼にとりまかれてゐる

わたつみの深い茄子紺その紺のしたにもみやこが輝いてゐる　（ギリシャ）

静かすぎると声は空気に吸はれゆく千年おなじ葡萄畠の光　（スイス）

主体がそこにいるという感触を受けとるのは、そこに身体に訴える表現があるからである。一首目の躓きや、二首目の祈る人々の吐息に堂内が満たされ包まれるような圧迫感、また七首目のまったき静寂のなかで自分の「声」が響かず消えるような感覚がそうである。歌の主体の身体性は、そこに我が身を代入する読者によって、言葉を手がかりとして、こうした感覚が追体験されるときまざまざと感じられる。これが林の紀行詠に〈旅人〉の確かな存在感を与えるのである。

三首目における塩粒の「光」のように、そこにあるものが見られたという印象も〈旅人〉の目の働きを感じさせる。さらに四首目の「タトゥ」（をしたロシアの住民）や五首目の ペトロパブロフスク聖堂の「骨壺」を見守る「観光客」のように、居合わせた人々と視線を共有するという経験から発想を摑みとった作品もある。前者は、直前に〈いくたびも名を替へし都市そのたびに人の祈りを降り積らせて〉があるとおり、帝政期以来ペトログラード、レニングラードと頻繁に改称され、ソ連解体とともに元の名に復したサンクトペテルブルクで詠まれた歌である。歴史の推移とともに、眼前に現れるものも変わる。今は「和食「山葵」のネオン」だが昔は違った、未来もまた、という思いをもって「タトゥ」の人々の視線に主体のそれを重ねるのである。

林の場合、視覚の歌と言っても見て写すというものとは違う。越境的な時間感覚が独特の対象把握やモチーフの展開を可能にしているのはこれまで見てきたとおりだが、歴史的含蓄をもつ言葉、とくに文学の言葉の果たす役割も大きい。たとえばエーゲ海の紺碧を詠った六首目には、平家物語・巻十一「先帝御入水の事」の「波の底にも都の候ふぞ」が言わば本歌として下敷きに置かれているのだろう。

これは短詩型による文学表現に奥行を与えるための古典和歌以来の不可欠の方法であり、その師の塚本もおおいに活用してきたものである。言葉の継承という点では、二〇〇八年のバルト三国とロシアの紀行詠の標題も興味深い。ここで用いられた「露の国」は、塚本の第十九歌集『魔王』(書肆季節社、一九九三年)に頻出する言葉でもある。折しもソ連崩壊から新生ロシア連邦共和国が発足した時期にあたる作品を収録しており、〈つゆしらぬ間に露しとどあからひく露國がずたずたの神無月〉という歌もある。塚本が鋭くまた一貫して関心を寄せた、二十世紀ロシアのめまぐるしい体制転換がもたらしたものの意味を、林もまたサンクトペテルブルクにおける一連の作品によって問うているのである。

発想と思索のための拠り所を文学と歴史に求め、それによって可能になる越境的な時間感覚が林の紀行詠の言葉にダイナミズムや重層性を与えている。いや、これは紀行詠のみならず、林の作品世界全体に見出される特質であろう。

林和清歌集　　現代短歌文庫第147回配本

2019年９月26日　初版発行

著　者　林　　和　清

発行者　田　村　雅　之

発行所　砂　子　屋　書　房

〒101-0047　東京都千代田区内神田3-4-7
電話　03－3256－4708
Fax　03－3256－4707
振替　00130－2－97631
http://www.sunagoya.com

装本・三嶋典東　　落丁本・乱丁本はお取替いたします

現代短歌文庫

（　）は解説文の筆者

①三枝浩樹歌集
『朝の歌』全篇
②佐藤通雅歌集（細井剛）
『薄明の谷』全篇
③高野公彦歌集（河野裕子・坂井修一）
『汽水の光』全篇
④三枝昻之歌集（山中智恵子・小高賢）
『水の覇権』全篇
⑤阿木津英歌集（笠原伸夫・岡井隆）
『紫木蓮まで・風舌』全篇
⑥伊藤一彦歌集（塚本邦雄・岩田正）
『瞑鳥記』全篇
⑦小池光歌集（大辻隆弘・川野里子）
『バルサの翼』『廃駅』全篇
⑧石田比呂志歌集（玉城徹・岡井隆他）
『無用の歌』全篇
⑨永田和宏歌集（高安国世・吉川宏志）
『メビウスの地平』全篇
⑩河野裕子歌集（馬場あき子・坪内稔典他）
『森のやうに獣のやうに』『ひるがほ』全篇
⑪大島史洋歌集（田中佳宏・岡井隆）
『藍を走るべし』全篇
⑫雨宮雅子歌集（春日井建・田村雅之他）
『悲神』全篇
⑬稲葉京子歌集（松永伍一・水原紫苑）
『ガラスの檻』全篇
⑭時田則雄歌集（大金義昭・大塚陽子）
『北方論』全篇
⑮蒔田さくら子歌集（後藤直二・中地俊夫）
『森見ゆる窓』全篇
⑯大塚陽子歌集（伊藤一彦・菱川善夫）
『遠花火』『酔芙蓉』全篇
⑰百々登美子歌集（桶谷秀昭・原田禹雄）
『盲目木馬』全篇
⑱岡井隆歌集（加藤治郎・山田富士郎他）
『鵞卵亭』『人生の視える場所』全篇
⑲玉井清弘歌集（小高賢）
『久露』全篇
⑳小高賢歌集（馬場あき子・日高堯子他）
『耳の伝説』『家長』全篇
㉑佐竹彌生歌集（安永蕗子・馬場あき子他）
『天の螢』全篇
㉒太田一郎歌集（いいだもも・佐伯裕子他）
『墳』『蝕』『獺』全篇

現代短歌文庫

（　）は解説文の筆者

㉓春日真木子歌集（北沢郁子・田井安曇他）
『野菜涅槃図』全篇
㉔道浦母都子歌集（大原富枝・岡井隆）
『無援の抒情』『水憂』『ゆうすげ』全篇
㉕山中智恵子歌集（吉本隆明・塚本邦雄他）
『夢之記』全篇
㉖久々湊盈子歌集（小島ゆかり・樋口覚他）
『黒鍵』全篇
㉗藤原龍一郎歌集（小池光・三枝昂之他）
『夢みる頃を過ぎても』『東京哀傷歌』全篇
㉘花山多佳子歌集（永田和宏・小池光他）
『樹の下の椅子』『楕円の実』全篇
㉙佐伯裕子歌集（阿木津英・三枝昂之他）
『未完の手紙』全篇
㉚島田修三歌集（筒井康隆・塚本邦雄他）
『晴朗悲歌集』全篇
㉛河野愛子歌集（近藤芳美・中川佐和子他）
『黒羅』『夜は流れる』『光ある中に』（抄）他
㉜松坂弘歌集（塚本邦雄・由良琢郎他）
『春の雷鳴』全篇
㉝日高堯子歌集（佐伯裕子・玉井清弘他）
『野の扉』全篇
㉞沖ななも歌集（山下雅人・玉城徹他）
『衣裳哲学』『機知の足首』全篇
㉟続・小池光歌集（河野美砂子・小澤正邦）
『日々の思い出』『草の庭』全篇
㊱続・伊藤一彦歌集（築地正子・渡辺松男）
『青の風土記』『海号の歌』全篇
㊲北沢郁子歌集（森山晴美・富小路禎子）
『その人を知らず』を含む十五歌集抄
㊳栗木京子歌集（馬場あき子・永田和宏他）
『水惑星』『中庭』全篇
㊴外塚喬歌集（吉野昌夫・今井恵子他）
『喬木』全篇
㊵今野寿美歌集（藤井貞和・久々湊盈子他）
『世紀末の桃』全篇
㊶来嶋靖生歌集（篠弘・志垣澄幸他）
『笛』『雷』全篇
㊷三井修歌集（池田はるみ・沢口芙美他）
『砂の詩学』全篇
㊸田井安曇歌集（清水房雄・村永大和他）
『木や旗や魚らの夜に歌った歌』全篇
㊹森山晴美歌集（島田修二・水野昌雄他）
『グレコの唄』全篇

現代短歌文庫

（　）は解説文の筆者

㊺上野久雄歌集（吉川宏志・山田富士郎他）
『夕鮎』抄、『バラ園と鼻』抄他

㊻山本かね子歌集（蒔田さくら子・久々湊盈子他）
『ものどらま』を含む九歌集抄

㊼松平盟子歌集（米川千嘉子・坪内稔典他）
『青夜』『シュガー』全篇

㊽大辻隆弘歌集（小林久美子・中山明他）
『水廊』『抱擁韻』全篇

㊾秋山佐和子歌集（外塚喬・一ノ関忠人他）
『羊皮紙の花』全篇

㊿西勝洋一歌集（藤原龍一郎・大塚陽子他）
『コクトーの声』全篇

(51)青井史歌集（小高賢・玉井清弘他）
『月の食卓』全篇

(52)加藤治郎歌集（永田和宏・米川千嘉子他）
『昏睡のパラダイス』『ハレアカラ』全篇

(53)秋葉四郎歌集（今西幹一・香川哲三）
『極光―オーロラ』全篇

(54)奥村晃作歌集（穂村弘・小池光他）
『鴇色の足』全篇

(55)春日井建歌集（佐佐木幸綱・浅井愼平他）
『友の書』全篇

(56)小中英之歌集（岡井隆・山中智恵子他）
『わがからんどりえ』『翼鏡』全篇

(57)山田富士郎歌集（島田幸典・小池光他）
『アビー・ロードを夢みて』『羚羊譚』全篇

(58)続・永田和宏歌集（岡井隆・河野裕子他）
『華氏』『饗庭』全篇

(59)坂井修一歌集（伊藤一彦・谷岡亜紀他）
『群青層』『スピリチュアル』全篇

(60)尾崎左永子歌集（伊藤一彦・栗木京子他）
『彩紅帖』全篇『さるびあ街』（抄）他

(61)続・尾崎左永子歌集（篠弘・大辻隆弘他）
『春雪ふたたび』『星座空間』全篇

(62)続・花山多佳子歌集（なみの亜子）
『草舟』『空合』全篇

(63)山埜井喜美枝歌集（菱川善夫・花山多佳子他）
『はらりさん』全篇

(64)久我田鶴子歌集（高野公彦・小守有里他）
『転生前夜』全篇

(65)続々・小池光歌集
『時のめぐりに』『滴滴集』全篇

(66)田谷鋭歌集（安立スハル・宮英子他）
『水晶の座』全篇

現代短歌文庫

（　）は解説文の筆者

現代短歌文庫

（　）は解説文の筆者

89 田村広志歌集（渡辺幸一・前登志夫他）
『島山』全篇

90 入野早代子歌集（春日井建・栗木京子他）
『花凪』全篇

91 米川千嘉子歌集（日高堯子・川野里子他）
『夏空の櫂』『一夏』全篇

92 続・米川千嘉子歌集（栗木京子・馬場あき子他）
『たましひに着る服なくて』『一葉の井戸』全篇

93 桑原正紀歌集（吉川宏志・木畑紀子他）
『妻へ。千年待たむ』全篇

94 稲葉峯子歌集（岡井隆・美濃和哥他）
『杉並まで』全篇

95 松平修文歌集（小池光・加藤英彦他）
『水村』全篇

96 米口實歌集（大辻隆弘・中津昌子他）
『ソシュールの春』全篇

97 落合けい子歌集（栗木京子・香川ヒサ他）
『じゃがいもの歌』全篇

98 上村典子歌集（武川忠一・小池光他）
『草上のカヌー』全篇

99 三井ゆき歌集（山田富士郎・遠山景一他）
『能登往還』全篇

100 佐佐木幸綱歌集（伊藤一彦・谷岡亜紀他）
『アニマ』全篇

101 西村美佐子歌集（坂野信彦・黒瀬珂瀾他）
『猫の舌』全篇

102 綾部光芳歌集（小池光・大西民子他）
『水晶の馬』『希望園』全篇

103 金子貞雄歌集（津川洋三・大河原惇行他）
『邑城の歌が聞こえる』全篇

104 続・藤原龍一郎歌集（栗木京子・香川ヒサ他）
『嘆きの花園』『19××』全篇

105 遠役らく子歌集（中野菊夫・水野昌雄他）
『白馬』全篇

106 小黒世茂歌集（山中智恵子・古橋信孝他）
『猿女』全篇

107 光本恵子歌集（疋田和男・水野昌雄）
『薄氷』全篇

108 雁部貞夫歌集（堺桜子・本多稜）
『崑崙行』抄

109 中根誠歌集（来嶋靖生・大島史洋雄他）
『境界』全篇

110 小島ゆかり歌集（山下雅人・坂井修一他）
『希望』全篇

現代短歌文庫

（　）は解説文の筆者

111 木村雅子歌集（来嶋靖生・小島ゆかり他）
『星のかけら』全篇

112 藤井常世歌集（菱川善夫・森山晴美他）
『氷の貌』全篇

113 続々・河野裕子歌集
『季の栞』『庭』全篇

114 大野道夫歌集（佐佐木幸綱・田中綾他）
『春吾秋蟬』全篇

115 池田はるみ歌集（岡井隆・林和清他）
『妣が国大阪』全篇

116 続・三井修歌集（中津昌子・柳宣宏他）
『風紋の島』全篇

117 王紅花歌集（福島泰樹・加藤英彦他）
『夏暦』全篇

118 春日いづみ歌集（三枝昂之・栗木京子他）
『アダムの肌色』全篇

119 桜井登世子歌集（小高賢・小池光他）
『夏の落葉』全篇

120 小見山輝歌集（山田富士郎・渡辺護他）
『春傷歌』全篇

121 源陽子歌集（小池光・黒木三千代他）
『透過光線』全篇

122 中野昭子歌集（花山多佳子・香川ヒサ他）
『草の海』全篇

123 有沢螢歌集（小池光・斉藤斎藤他）
『ありすの杜へ』全篇

124 森岡貞香歌集
『白蛾』『珊瑚數珠』『百乳文』全篇

125 桜川冴子歌集（小島ゆかり・栗木京子他）
『月人壮子』全篇

126 柴田典昭歌集（小笠原和幸・井野佐登他）
『樹下逍遙』全篇

127 続・森岡貞香歌集
『黛樹』『夏至』『敷妙』全篇

128 角倉羊子歌集（小池光・小島ゆかり）
『テレマンの笛』全篇

129 前川佐重郎歌集（喜多弘樹・松平修文他）
『彗星紀』全篇

130 続・坂井修一歌集（栗木京子・内藤明他）
『ラビュリントスの日々』『ジャックの種子』全篇

131 新選・小池光歌集
『静物』『山鳩集』全篇

132 尾崎まゆみ歌集（馬場あき子・岡井隆他）
『微熱海域』『真珠鎖骨』全篇

現代短歌文庫

（　）は解説文の筆者

133 続々・花山多佳子歌集（小池光・澤村斉美）
『春疾風』『木香薔薇』全篇

134 続・春日真木子歌集（渡辺松男・三枝昻之他）
『水の夢』全篇

135 吉川宏志歌集（小池光・永田和宏他）
『夜光』『海雨』全篇

136 岩田記未子歌集（安田章生・長沢美津他）
『日月の譜』を含む七歌集抄

137 糸川雅子歌集（武川忠一・内藤明他）
『水螢』全篇

138 梶原さい子歌集（清水哲男・花山多佳子他）
『リアス／椿』全篇

139 前田康子歌集（河野裕子・松村由利子他）
『色水』全篇

140 内藤明歌集（坂井修一・山田富士郎他）
『海界の雲』『斧と勾玉』全篇

141 続・内藤明歌集（島田修三・三枝浩樹他）
『夾竹桃と葱坊主』『虚空の橋』全篇

142 小川佳世子歌集（岡井隆・大口玲子他）
『ゆきふる』全篇

143 髙橋みずほ歌集（針生一郎・東郷雄二他）
『フルヘッヘンド』全篇

144 恒成美代子歌集（大辻隆弘・久々湊盈子他）
『ひかり凪』全篇

145 続・道浦母都子歌集（新海あぐり）
『風の婚』全篇

146 小西久二郎歌集（香川進・玉城徹他）
『湖に墓標を』全篇

147 林和清歌集（岩尾淳子・大森静佳他）
『木に縁りて魚を求めよ』全篇

（以下続刊）

水原紫苑歌集　　篠弘歌集
馬場あき子歌集　　黒木三千代歌集
石井辰彦歌集